DRAMA

DRAMA

드라마

서한나

그럼에도
친구가 되는
여자들

글항아리

아무 때나 예고 없이 들이닥치는

나의 여자애들에게

CONTENTS

PART 1

지금 삶에서 느끼는 강렬한 것들의 원본을 나는
열일곱살 때 여자고등학교에서 다 느낀 것 같다.
나머지는 판본이다. 부정적인 것도 긍정적인 것도,
야릇한 것도 부대끼는 것도 다 거기서 겪어버렸다.
여자고등학교는 애들이 어떻게 커가는지 보기에 좋은
공간이다. 애들은 단순하고, 사려 깊고, 유쾌했다.
몸으로 밀치는 놀이를 좋아하는 애들과 이야기하기를
좋아하는 애들이 있다. 밀치는 동시에 이야기하는
애들도 있다. 나는 교실이 시끄러운 것을 참지 못하는
앞 번호대 아이가 안경은 썼지만 성적은 그다지 좋지
못한 것에 대해서나, 화장실을 쓰고 나면 꼭 그 자리에
문구점에서 산 가짜 랑방 향수를 뿌리고 나오는 애가
가정 시간에도 죽음에 관해 생각한다는 것은 잘

11

몰랐다.

내가 관심 있었던 건 원더걸스 신곡이었다.
담임선생님은 반 애들한테 체리마루를 돌렸다.
햇살녹차가 아님에도 기쁘게 그것을 먹는 애들 사이로
「2 Different Tears」 영상이 흘러나왔고, 한 아이가
말했다. 다른 애들이 원더걸스 좋다고 하는 거랑
달라⋯⋯ 너는⋯⋯ 눈빛이⋯⋯.

나는 호르몬을 뿜어내는 청소년이었다. 내
교복에서는 썩은 우유 냄새가 났다. 얼굴은 바닥에
내쳐지면 그대로 튀어 오를 정도로 물이 차 있었고,
나는 이 순간 내가 어떤 식으로든 절정이라는 것을
알았다. 모두가 스케줄러에 맞춰 두루마리 휴지를
올려둔 책상에 앉아 오답 노트를 정리하던 밤, 교실은
통제된 젊음으로 터질 것 같았고, 나는 달밤 아래
운동장을 돌았다.

윤은 정혈이 시작되기 전에 눈동자가 커지고
검어졌다. 그에게서 벌어지는 일, 그런 것은 내가
본능적으로 알아챌 수 있는 일이었다. 우리가 얼마나
놀라운 시기를 보내고 있는지, 우리가 가진 게 얼마나
엄청난 것인지 기회가 생기면 말해보기도 했지만,

12

"정말 그래" "지금 진짜 짱이지" 하는 식으로 대꾸하는 애는 거의 없었다.

가만히 앉아 있기만 해도 몸 안에서 무언가 훅 끼쳤고, 박차고 일어나야 할 것 같은 기운을 느꼈다. 그건 아침이면 상쾌함으로, 밤이면 알 수 없는 흥분으로 다가왔다. 교실 안은 농담을 아는 애들의 왁자한 웃음으로 가득했고, 거기서 한술 더 뜨는 애들도 있었다. 반듯한 애가 얘네 이상해, 하면서 교실을 나가면 화제는 다음 시간까지 마쳐야 하는 일본어 숙제 같은 것으로 바뀌었다.

그때 나는 임시적이었고, 느끼는 것에 비해 아는 것이 없었다. 슬픔과 기쁨이 모두 놀이였다. 가벼운 태도는 다른 애들과 함께 있을 때 더 두드러졌다. 친구들이 오후 다섯 시쯤 공사장 난간에 줄지어 앉아 있을 때 나오는 사소한 이야기는 나와 상관없었지만, 나는 거기 앉아서 저녁 간식에 대한 얘기나 선생을 흠모하는 얘기, 옆 학교에 세워져 있는 오토바이에 관한 가십을 들었다.

배를 두둑하게 불려놓았을 때 생겨나는 천진함과 못된 애들도 어느 정도는 가지고 있는 관용이 좋았다.

13

통제적인 애 한두 명만 없어도 교실 분위기가 너그러워졌다. 흰 티셔츠 위로 보이게 빼놓은 목걸이, 개성을 드러낸 삼선 슬리퍼 색깔, 각자에게 최적화된 앞머리, 자기가 어떻게 보이는지 모르는 채 보내는 눈빛, 그로부터 받는 상처, 날 선 대화, 정을 주지도 받지도 않으려는 태도……. 소각장에 교과서를 버리고 졸업식 날 사진을 찍으면서, 여자애들만 있는 공간을 나오면서, 다시는 이와 같은 경험을 할 수 없으리라고 생각했다.

☆

학교 도서관에는 이상한 애들이 있었다. 말 없고 어딘지 음침한 애들. 난 그렇게 보이고 싶지 않다고 생각하면서도, 복도를 지날 때마다 문틈으로 그 안을 훔쳐보게 되었다. 들어가보고 싶었다. 학교 안에서 갈 데가 없어지면 도서관에 갔다. 거기서 본 애들은 책에만 관심 있는 것 같기도 했고, 도서관에 들어오는 사람들을 집요하게 의식하고 있는 것 같기도 했다.

또 나는 이런 애들도 좋았다. 엄격하고 경직돼
있어서 별로 인기가 없는 애들, 그렇지만 어디가
아프거나 약해졌을 때 기대고 싶어지는 애들, 별명이
엄석대이거나 엄마인 애들, 가르치기 좋아하고
고집스럽지만 뭐든 물어보면 답을 해줘서 의지가
되는 애들, 나이 차이 많이 나는 동생이나 언니가 있고
엄마가 일을 해서 야밤에 거리를 쏘다녀도 괜찮은
애들, 머리를 질끈 묶어서 눈꼬리가 아파 보이게
올라가 있는 애들, 밥을 한 그릇 다 먹는 애들, 가끔 좀
구수하게 말하는 애들, 누가 지적하면 할머니 손에서
자랐다고 대답하는 애들, 나에 대해서는 하나도 질문이
없지만 말이 많은 애들, 학습지를 열심히 풀지만
성적은 좋지 않은 애들. 그런 아이들과 있으면 마음이
편했다.

✦

나는 이기적이고 미성숙하게, 내가 태어난 동네
한가운데서 우정을 배웠다. 이 동네는 비 오는 날 길을
걷던 아이가 미끄러져도 누구 하나 달려가 붙들어주지
않는 곳이다. 마찬가지로 주차장에서 노는 애들을
쥐 잡듯 잡거나 혼내지도 않는다. 이것이 내가 우리
동네에 가지고 있는 인상이다.

✦

우리는 불만이 아주 많았다. 아르바이트해서 번 돈은
전부 밥 먹는 데 썼다. 그맘때 내게는 붙어다니는 단 한
명의 친구가 있었는데, '오'라는 애였다.
　　매일 집요하게 파고들며 반복되는 대화가
무엇인지 규명할 수는 없었지만 그건 매우 흥분되고
재미있는 것이었다. 우리는 같은 것을 보고 느꼈다.
잠들기 전에는 사이비 종교나 휴거에 대해서,
그리고 내일 교회에 갈지 말지에 대해서 이야기했다.
그는 교회에 복잡한 감정을 갖고 있었고, 오랜

기간 냉담하다 나와 친해진 뒤 다시 교회에 나가기 시작했다. 우리 사이에 무언가 함께할 것이 필요했던 때였다. 신앙이 없었던 나는 그런 이유로 교회에 따라갔다.

오는 나와 노는 걸 좋아했다. 그다지 좋은 것을 먹지도 않았고 좋은 것을 보지도 않았는데. 그때 우리가 먹은 것 중 가장 값나가던 건 숯불 닭구이 정도였을 것이다. 우리는 트럭에서 파는 오뎅을 사 먹거나 곰 모양 얼음이 올라간 밍밍한 아메리카노를 앞에 놓고 시간을 보냈다. 옆 테이블 사람을 씹거나 주변 인물을 품평하면서.

그는 내가 스스로 성의 있게 구는 걸 참지 못한다는 것, 연연하는 자신을 참을 수 없어한다는 것을 알았고, 나의 그런 괴팍함을 좋아했다. 우리는 각자의 예리함과 젊음을 무책임하게 휘둘렀고, 거기에 사람들이 다치는 것을 모르는 척했다. 아마도 우리가 원하기만 하면 주변에 사람이 들끓을 것이라고 생각했던 것 같다. 우리는 3만 원을 내고 관광버스를 타기로 했고, 그걸 타기 위해 새벽에 일어났으며, 밥이 많이 든 김밥을 먹었다.

어느 날 그의 입에서 모르는 이름 하나가 나왔다. 어떤 남자애가 과방 앞에서 연락처를 물었다는 것이다. 그 남자는 오리엔테이션에서 여장을 하지도 않았고, 아무튼 뭐로 보나 정상적이었다. 오가 꽃을 받았다고 했을 때 나는 거의 패닉에 빠졌다. 꽃이라니. 그건 그냥 거리에 피는 것일 뿐인데⋯⋯ 내 눈에는 그것이 세상에서 가장 유혹적인 상황으로 보였다.

대체 무엇이 한 인간을 그렇게 고귀하게 만드는 것인지 알 수 없었다. 그는 그냥 젊은 애일 뿐이었다. 그 모든 긴장감을 차단하기 위해 내가 그를 사랑해버릴 수도 있었겠지만, 그렇게 되면 우리는 너무 복잡하고 안 좋은 현실에 놓일 게 분명했다. 내가 할 수 있는 것은 시간이 가고 이 모든 좋은 느낌이 소강되기를 바라는 것뿐이었다. 나는 사실 알고 있었다. 오의 관심이 그를 특별하게 만든다는 것을.

오는 한 살 한 살 먹어갈수록 화제를 몰고 다니는 애가 되었다. 우리는 서로에게 생채기를 내면서 서로를 알아갔다. 하지만 예민함을 어떻게 다루어야 하는지 배우지 못한 사람들답게 우리는 서로를 잘 몰랐다. 그때까지 나는 진심을 다해 노래를 부른 적도, 운 적도 없었다.

그를 제외하면 단 한 명도 진심으로 대하지 않았다. 왜일까? 다른 애들과 보내는 시간은 아깝고 우리 둘만 있는 게 최고라는 식으로 믿었다. 진심으로 대하고 싶은 사람도 있긴 했지만, '진심이라면 무엇?'이라는 생각이 들었던 것 같다. 봄이 되면 꽃놀이를 하고, 페이스북에 사진을 찍어 올리며 시험 공부를 하고. 왜 그렇게 모든 것이 가짜처럼 느껴졌을까?

그곳을 벗어나고 나서야 그 상태를 해석할 수 있었다. 그것의 정체는 끊임없는 불만족이었다. 탐색하고 싶지만 탐색할 대상을 찾지 못한, 무엇을 바라야 할지 모르지만 바라는 것이 많은 갑갑한 젊은 시절이었던 것이다. 나는 나를 보여주는 게 좋지 않을 거라고 믿었던 데다, '나'가 어디 있는지도 몰랐다—'나'는 만들어지고 있었으므로.

그때 내가 정말로 느끼고 있던 것은 실연당했다는 사실이었다. 밤이면 나는 오의 방에서 그와 천장을 보고 누워 나의 실연에 대해 이야기했다. 내가 누군가를 왜 그렇게까지 좋아했는지, 그와 나는 왜 헤어질 수밖에 없었는지 이해했다. 그때 우리가 서로에게 가장 중요한 사람이 될 수 있었던 건 순도 높은 초라함을 감당할 수 있는 사람이 서로뿐이라고 믿었기 때문이다. 내게는 너절함에 공감할 수 있는 단 한 사람이 필요했다.

✦

나는 다른 많은 사람과 마찬가지로 온갖 것에 불만을 가지고 20대를 보냈다. 내가 굳이 가지 않아도 될 자리에 가서, 마음껏 경멸하고, 정말로 세상은 적대할 만한 것이라고 생각했다. 다른 사람에게는 그 모습이 방어적이고 단정적이게 보였을 것이다. 생각해보면 그맘때가 인간에 대한 기대가 크고, 누군가의 훌륭한 지점에 가장 크게 반응했던 시기였다. 모자란 사람들에게 애틋함을 느끼기보다 훌륭한 사람에게 반하기를 기다렸고, 그런 사람을 숭배하고 싶어했다. 조급해하고 초조해하며 머저리같이 구는 사람을 참아줄 수 없었다.

공포에 질려 있는 사람은 다른 사람을 볼 수 없다. 정확히는 다른 사람의 공포를 견딜 수 없다.

그건 현실을 살아가는 좋은 방법이 아니었다. 끔찍한 악몽을 꾸기 시작한 나는 어쩔 수 없이 심리상담사를 찾아갔다. 그와 이야기하면서 나는 나 자신에 대해서도 타인에 대해서도 투쟁 상태일 필요가 없음을 알아갔다. 대화가 거듭될수록 악몽은 점점 작아져서 주머니에 넣을 수도 있게 되었다. 몸도 점점 좋아졌다.

자기와의 관계에서 편안할 수 없는 사람은 타인을 어떻게 대해야 하는지도 알지 못한다. 나는 좀더 내밀하게 내 욕망의 왜곡된 부분을 파고들었고, 내 안의 무언가가 나에게 말하려고 하는 것을 줄을 잡아나가듯 파악하기 시작했다.

☆

비밀을 가진 이들은 인생의 일부에 탐닉한다. 인생 그 자체에 탐닉하거나.

10대 시절 우정은 살인마 같은 것이었다. 지금 내게는 사람들과의 갈등으로부터 도피할 수 있는 물리적인 공간도 정신적인 여지도 있지만, 학교 안에서 주변 사람의 심기를 거스르는 것은 기약 없이 힘들어진다는 것을 의미했으며, 그건 영원히 혼자가 되는 것과 마찬가지였다. 시간이 흘러 친구들은 이야기했다. 너 혼자 있는 거 좋아하지 않았나?

영진이는 쉬는 시간이 되면 여기저기 쏘다녔다. 책상 위에 특이한 소품이 많이 있었지만 그걸로 관심을 끄는 애는 아니었다. 무서운 선생님도 걔한테는 장난을 쳤다. 선생님이 걔한테 시비를 걸며 혼자 피식할 때 좋았다. 괜히 걔한테 방금 선생님이 한 말을 다시 말해보라고 한다거나, 그 애가 회색 레깅스를 신고 온 날이면 그게 그냥 회색이 아니고 재두루미색이라는 걸 알고 있냐고 한다거나…… 그가 언제나 넥타이를 약간 비뚤게 하고 있는 것에 대해서 처음에는 벌을 줄 것처럼 하다가, 넌 교복을 어디서 샀냐고 물어보기도 했다. "……아이비클럽이요." "솔직히 말해. 스쿨룩스잖아."

나는 그 차갑고 무서운 사람이 영진이한테는 호기심을 보이고 끊임없이 장난을 치고 싶어하는 게 어떤 마음인지 알 것 같았다. 걔는 정이 가는 애였다.

그 애와 나는 몇 마디 주고받다가 친해졌다. 감독하는 사람이 없는 모의고사 시간에 화장실에 가서 — 연쇄살인범이 나오는 영화나 사이비 종교의 무시무시함에 관해 — 이야기하며 놀았다.

그 애한테는 커다란 사랑이 있었다. 그 애가 교실에 있다고 생각하면 학교에서 애들이 찌그럭거리는 게 별로 신경 쓰이지 않았다. 교실이 야생이라면 걔는 올라가서 쉴 수 있는 나무 같았다. 생일에 그 애에게 바나나를 받았다. 동물원 그림이 그려진 편지도 받았다. 돌리면 사탕이 나오는 장난감보다도 그 애가 준 바나나가 좋았다. 다 쓰지 못했다고 아쉬워하는 내용이 뭔지 몰라도 괜찮았다.

그 애와 놀 때면 그게 무엇이든 하나도 아깝지

않았다. 함께 놀다가 내 방이 어질러져도 좋았고,
맛있는 것을 다 먹어도 좋았으며, 돈을 다 써도 좋았다.
모두 공부할 시간에 우리만 하지 않는 것도 특별하게
느껴졌다. 우리는 시간을 다시 정하는 것 같았다.
하기로 한 것을 자습 시간에 화장실에서 하고, 시험
시간에 하고, 수업 시간에 했다. 사람들은 그 애가
엉뚱하다고 했다. 4차원이라는 말은 그의 정신에
특별함이 있다는 것을 알지만 현재로서는 설명할
길이 없을 때 떠올리는 단어였다. 우리는 아주 높은
곳에서만 만났기 때문인지 시간이 지나면서 멀어지게
되었다.

✯

나는 MT에 가면 어느 타이밍에 빠져나올지부터
생각한다. 차가 생긴 뒤에는 숙소에서 집까지의 거리를
찾아본 뒤 술자리가 시작되면 슬그머니 사라져 집에
가서 잔다. 얄밉다는 말을 듣고 마는 사람이 된 것이다.
　왜 그러냐고, 다 같이 있는 게 왜 싫으냐고
묻는다면…… 할 말이 떠오르지 않는다. 싫지 않기

때문이다. 같이 있는 동안에는 모두가 즐겁고 편안하고 이 시간을 특별하게 느끼면 좋겠는데, 그러자면 내내 신경을 곤두세워야 하고, 그렇게 있다 보면 실제로 사람들이 즐거운지 아닌지와 상관없이 나는 울적해진다.

　노력한다고 해서 그 시간이 재밌어지는 것도 아니었다. 내가 시장 보러 나갈 때나 혼자 딴짓을 할 때 사람들은 자기들끼리 더 잘 볶아 먹고 튀겨 먹으며 재밌어했던 것 같기도 하다. 그런데 대체 왜 혼자서 그런 사투를 벌이는 것일까? 나는 그게 어떤 마음인지 생각하기보다, 오는 길에 다른 사람을 불러내 24시 카페에서 커피를 마셨다. 그러면 해방감이 들었다.

어린 시절 나는 학교에서 배운 걸 집에 가서 엄마 아빠에게 물어본다는 게 어떤 건지 알지 못했다. 중학교를 다닐 때까지 그 경험은 주위 아이들과 비슷했다. 우리 동네에는 '배운' 사람이 별로 없었고, 있더라도 나는 그의 자녀들과 어울려 놀지 않았다.

다른 동네에 있는 고등학교에 입학하면서부터 내가
경험한 동질성은 깨졌다. 고등학교에는 깨끗하고
반듯한 동네에서 온 아이들이 있었다. 우리 동네
애들이 가정통신문에 혼자 사인하는 법을 배우거나
문구점에서 필요한 것을 사며 사장님에게 어른 글씨로
사인해달라고 할 때, 옆 동네 애들은 오늘 학교에서
뭐 받아 온 것 없냐는 질문을 들으면서 컸다. 우리는
한 교실에서 만났다. 거기에는 재원이가 있었다. 나는
그의 빛나는 외모와 차분함에 반했다.

　그때 나는 고등학교의 정돈된 분위기를 참을 수
없었다. 이 공간이 어딘가 바보처럼 느껴졌다. 나는
나름의 저항으로 복도와 계단을 뛰어다니거나 연애에
몰두했다. 그러다가 휴대전화를 압수당하거나 남들
앞에서 혼이 났다. 졸업 이후의 삶이 중요하다는 것을
아는 아이들에게는 이 모습이 한심하고 미숙해 보였을
것이다.

　대학에 입학한 뒤에도 그 애와 종종 만날 수
있었다. 하루는 그의 어머니가 냉면을 사주었다.
그분은 내가 스스로 용돈을 벌고 통신 요금을 낸다는
것을 칭찬해주었다. 나는 그의 집에 놀러 갔을 때

몇 가지 사실에 조용히 놀랐다. 가족이 정해진 식사 시간에 다 함께 밥을 먹는다는 사실, 부부가 함께 취미 생활을 즐긴다는 사실, 그들에게 자녀의 진로에 대한 정보가 있다는 사실……. 그것은 내 어머니가 나에 대해 가지고 있던 막연한 희망과는 달랐다. 그것이 계급적인 일이라는 것은 나중에 알게 되었다. 나는 그가 받는 보호와 간섭, 내가 처한 방임과 자유라는 차이를 인식하지 않으려고 노력했다.

　　나는 그가 좋아하는 것들을 맹렬히 혐오하다가, 이내 좋아하게 되었다. 그것은 그에 대한 욕망이 굴절된 결과였을 것이다. 아주 많은 시간이 흘러 그 사랑에 거리를 둘 수 있게 되었을 때, 나는 그것들을 다시 혐오하게 되었다. 하지만 그것들은 어떤 식으로든 내 안에 남아 있다.

　　　✧

나는 열망이 깃든 글을 읽는 것을 좋아하지만, 어린 시절 내게는 이렇다 할 열망이 없었다. 만나고 싶은 사람이나 하고 싶은 것이 있기는 했지만,

고생하면서까지 그것을 하고 싶어하지는 않았다.
수능을 끝낸 애들이 유럽에 가고 싶어하는 것이나
서울에 살고 싶어하는 것 — 나에게는 그런 게 없었다.
그보다 태권도장에 다닐 때 친하게 지내던 언니가
여전히 태권도를 하고 있는지 궁금했다. 나는 어릴 때
살던 동네에 여전히 살고 있었으므로, 생각이 나면
몇 번이고 그 동네를 걸을 수 있었다. 약수터, 성당,
주택가, 떡집, 공원······.

중학교 가는 길에 '정다운 마음'이라는 김밥집이
있었다. 거기서 소고기야채볶음밥 먹는 것을 좋아했다.
가끔 밥이 질었지만 간이 기가 막혔다. 특유의 해
잘 드는 가게 분위기, 생동감 있는 사장님 덕분에
그 가게는 다른 칙칙한 김밥집을 제치고 주민들의
사랑을 얻었다. 그 가게는 점점 더 잘되는가 싶더니
머지않아 그 옆에 '더 정다운 마음'을 차렸다. 맞은편
독서실에서 공부하던 사람들이나 주변 학원 선생들,
주부들이 거기로 김밥을 사러 갔다. 등굣길에 그 집을

지나면 분주하게 김밥 싸는 모습을 볼 수 있었는데,
시원한 아침 공기에 기름 냄새가 섞여들면서 일상이
일상적으로 돌아가고 있는 것 같았다. 그 길로
직진하면 중학교가 나왔다.

그맘때 내 옆에는 학교에서 제일 예쁘지만
앞머리로 얼굴을 다 가리고 다녀서 참견쟁이들의
빈축을 사는 지우가 있었다. 걔는 예쁘게 태어난
아이들이 밟게 되는 과정에 따라 노는 애들의
러브콜을 받곤 했다. 내가 알기로 지우는 순했다. 노는
애들이 어울려다니며 누군가의 돈을 뺏고 독서실 뒤
주차장에서 츄파춥스를 먹으며 말려 올라가는 치마를
무섭게 내릴 때에도, 지우는 지금과 같은 무표정으로
그 어디쯤에 서서 그 애들의 미모 지수를 올려주는
정도의 역할을 할 것이었다.

일진들이 데려가기 전까지 나는 지우와
붙어다녔다. 키가 컸던 그 여자애는 복도를 다닐 때 내
목에 팔을 두르거나 어깨에 손을 얹었는데, 나는 그
무게에 안정감을 느꼈다. 중학교 3학년에서 고등학교
1학년으로, 같은 고등학교에 가게 되었다는 사실을
알았을 때에도 우리는 같이 있었다. 여름날 일없이

동네를 돌아다니다 학교에 두고 온 물건을 챙기기로
하고 빈 교실로 향했다. 우리는 4분단 뒷자리에 앉아서
교실이 울리는 것을 느끼며 짧은 대화를 계속했다.

"책상이 좀 흔들리는 거 같지 않아?"

"이러다 선생님 오면 어떡해?"

"아무도 없잖아."

"아무도 없다고 하니까 좀 무서워."

"있을 수도 있지."

"있으면 어떡해?"

"그럼……"

무슨 이야기를 하는가보다 이야기를 한다는 점이
더 중요했다. 서로 이야기하고 싶어한다는 것, 지금
느끼는 마음을 나누고 싶어한다는 것을 우리 둘 다
알았기 때문에, 마음이 좋았다. 밝은 낮이었고, 눈앞에
작은 먼지가 보였다. 벽에 높게 달린 선풍기와 지우다
만 칠판, 우둘투둘한 흰 벽이 보였다. 지우가 노는
아이들의 친구가 되어 더 이상 나와 그런 시간을 함께
보내지 않게 되었을 때에도 그 애의 마음속에 우리가
보낸 시간이 내가 느꼈던 방식으로 남아 있으리라고
생각했다.

패배주의가 감도는 지방 국립대의 사회학 수업에서
내가 얻은 것은 첫사랑, 언어, 탐구심이었다. 사회학
수업은 무언가를 내 식대로 보는 기쁨을 알려주었다.
이제 나에게도 무언가가 보이기 시작했던 것이다. 왜
가난한 사람들이 부자에게 투표하는가 따위의……
알아도 바뀌는 것은 없지만 제3의 눈을 뜨게 해주는
경험이었다. 누구나 누구의 입을 통해서든 인생에 한
번쯤 답을 내리게 되는 그것.

　　수업이 끝나고 나무가 내려다보이는 돌담에
앉아 후배와 이야기를 했다. 남자친구에 관한 심각한
얘기부터 진로 얘기까지 했는데, 밥 몇 번 먹고 디저트
카페에 함께 간 것이 전부였던 것치고 어쩐지 친해진
느낌이었다. 수심이 깊어 보이는 그가 걱정되었지만
내가 해줄 수 있는 게 없다고 생각했다. 그래도 나는
좋은 선배인 척하고 싶었는지 한동안 그에게 연락이
오면 만나러 나갔다.

　　한번은 그가 밤새 술을 먹자고 했다. 왜 밤을
새워야 하는 거냐고 묻지는 못했다. 그의 제안을

듣자마자 갑자기 여러 가지가 걱정되었다. 만나지
못할 것 같다고 답장했다. 별생각 없이 그저 술을 진탕
마시고 싶어하는 애였을지도 모르지만, 나는 하여간
우리가 지나치게 가깝다고 생각했다. 그게 그와의
마지막 기억이다. 휴대전화를 바꾸면서 그의 연락처는
사라졌고, 인스타그램에서도 친구들을 통해서도 그의
소식을 들을 수 없었다. 졸업하고 고향에 갔다는 것
같았다.

내가 충격적인 실연을 경험한 건 2014년이었다. 나는
대학에서 연인과 함께 '영어 발음의 이해'라는 수업을
들었고, 발음이 좋지 않아서였는지 수업이 끝나고
강의실에서 차였다. 어쩐지 그 자리를 떠날 수 없었고,
절충안으로 건물과 건물 사이에 있는 등나무 아래
앉아서 나에게 일어난 일에 대해 생각했다.
　　나는 그때까지 나의 연인이 누구인지 아무에게도
말하지 않았다. 거기에는 대학교 동기 현이도
포함되었다. 말할 수 없는 연인과의 이별은 두 배로

슬펐고, 중요한 이야기를 빼놓은 연애 이야기는 듣기에
싱겁고 갑갑했을 거다. 현이는 내가 묘령의 인간에게
차여 이렇게나 힘들어한다는 것 정도만 아는 채로 우는
내 옆에 있었다. 그게 미안해 그를 맘스터치에 데리고
갔다. 햄버거도 먹고 감자튀김도 먹으라고 했다.

　나는 다른 사람이 필요했지만 타인을 믿지 못했고,
의존하고 싶어하면서도 초월하고 싶어했다. 왜 모두가
나름의 투쟁을 하고 있다는 건 몰랐을까? 모두가
모두를 기다리고 있다는 것을, 모두가 마음을 열
대상을 바라고 있다는 것을 말이다.

✕

나 빼고 사람들은 곧잘 친해졌다. 어떤 애들은
정말로 친해져서 20년 동안 우정을 과시하기도 했다.
대체 뭘까 그들은? 어떤 시간을 보낸 걸까? 그들은
서로에게 무슨 일이 생기면 바로 달려나갈 것 같아
보였다.

　그 애들은 휴가철이면 사람들이 가는 해수욕장에
가고, 대형 카페에 가고, 노래방에 갔다. 같이 있을

때 많이 웃었고, 자유로워 보였다. 셋이 함께일
때 각자가 더욱 자기 얼굴이 된다는 것—그건 이
셋이기에 가능한 일 같았다. 학창 시절에도 그랬다.
서로를 세심하게 챙기지도, 매정하게 굴면서
친밀함을 확인하지도 않고, 곁에 당연하게 있었다.
짓궂어 보여도 서로를 생각하는 마음이 깊은 애들
같았다. 걔들은 학교를 졸업한 뒤 함께 아웃백에서
아르바이트를—한 명은 배달을, 한 명은 주방
일을—했다. 함께 아프리카에도 다녀왔다.

그렇게나 멀리? 돌아올 수도 없는 곳으로?

남들의 우정은 모호함, 애매함, 계산적인 면이
하나도 없는 것처럼 느껴졌다. 그리고 나는 완벽한
우정을 바라고 있었다. 나는 왜 이렇게 현실과 현실의
인간관계를 비루하게 생각하는 것일까? 도대체
무엇을 원하길래? 남들의 우정은 내 우정과 다른 것
같았다.

나는 이들의 우정을 여전히 잘 모른다. 그것과

별개로 나에게 진짜 타인과의 만남이 시작된 건, 내가
나를 숨긴 채 상대에 대해서 더 알려고 드는 짓을
그만둔 덕분이다.

　　자신의 비밀은 숨기면서 상대에 대해선 깊이 알고
　　싶은 그들.★

　　이 소개 문구는 심각한 외로움을 느끼는 인간이
어떻게 해서 자기를 요새에 가두고 비밀 덩어리로 만든
뒤, 타인이 다가올 수도, 타인에게 다가갈 수도 없게
만드는지 알려준다. 나는 이 문장을 읽고 그동안 내가
했던 짓이 무엇이었는지 알게 되었다.
　　다른 사람과 잘 지내는 데는 생각보다 더 많은 것이
필요했다. 나는 그런 사람들을 관찰했다. 그들은 혼자
있을 때나 둘이 있을 때나 건강하고 낙천적이고 편안해
보였다. 그것은 개인적인 기질에서 나오는 것이기도
하겠지만, 그들은 무엇보다 남을 꿰뚫어보려고 하지

　　　　　★　넷플릭스 시리즈 「필 굿」의 소개
　　　　　　　문구 중에서.

35

않았고, 더 나아가 그것으로 자신의 안위를 확보하려고 들지 않았다. 그들은 숨기지 않았고, 파고들지도 않았다.

✦

리디아 데이비스는 『형식과 영향력』에서 두 가지 읽기 방식을 이야기한다.

1. 텍스트에 완전히 빠져서 넋을 잃게 되는
2. 텍스트와 나 둘 다 의식하며 읽는 상태

나는 나를 잃는 느낌을 별로 좋아하지 않았다, 그렇다고 하기엔 술에 자주 취했지만……. 말하자면 다른 인간과 함께 있을 때 나는 넋을 잃은 듯한 기분만 취하면서 실은 생각을 하고 있었다. 통제광의 우정이 어려워지는 것은 그래서다.

★ 리디아 데이비스, 『형식과
  영향력』, 서제인 옮김, 에트르,
  2024, 228~229쪽.

36

PART 2

사랑은 거의 매번 약속 시간에 늦지만, 내가 늦었을 때 "늦었네?" 하고 말해서 피를 거꾸로 솟게 한다. 그럴 때면 우리가 지금껏 얼마나 잘 지내왔든 간에 과연 앞으로도 잘 지낼 수 있을까 의문을 품게 된다……. 어느 날에는 사랑이가 10분 늦고서 안 늦은 척 들어오는 게 거슬린다.

✦

그는 내가 원하는 관계를 이미 맺고 있는 사람으로 내 인생에 등장했다. 나는 교양 수업이 많고 캠퍼스가 넓은 충남대가 좋았다. 캠퍼스 안으로 다니는 순환 버스를 일없이 타고 다니며 기숙사에서 타는 사람,

도서관에서 내리는 사람을 구경했다.

그는 경영학과에 다니고 있었다. 나는 신문방송학과였다. 둘은 다른 것을 가르쳤지만 학생들 성향엔 비슷한 데가 있었다. 학창 시절 아이돌을 좋아했다는 것, PPT를 잘 만든다는 것……. 그는 아이돌에 관심이 없지만 PPT를 잘 만들었고, 나는 PPT 만드는 것을 끔찍하게 싫어했다.

"사랑 언니가 경영학과 김고은이잖아요."

그를 따라온 후배가 말했다. 나는 사랑이가 노루처럼 생겼고 그 후배는 김처럼 생겼다는 망언을 내뱉기를 서슴지 않았다. 그런데도 둘은 잘 웃어주었다. 과연 사랑이는 공부도 잘하고 성격도 좋고 친구도 많은 경영학과 미인으로 통하고 있었고, 동아리에서는 유니콘 같은 존재라고 했다. 그는 내가 무명 개그맨이 한 것과 같은 단발머리를 하고 다니는 걸 신기하게 보는 듯했고, 그렇게 외모에 무심하면서도 화려한 양말을 신고 다닌다는 것을 기억했다.

그때 그는 자기 호기심을 끄는 게 무엇인지 찾아다니는 시기를 보내고 있는 듯했다. 어떤 사람, 그 사람이 사는 방식, 그 사람의 이목구비, 그 이목구비를 쓰는 그 사람의 방식. 사랑이는 자기한테서 나는 냄새 같은 것을 관리해야겠다고 생각하는 젊은이였다. 내가 모두를 약간씩 경계하느라 결국 아무와도 친밀해지지 못하고 집에 돌아가 썩은 글을 읽는 동안, 그는 핑크색 방에서 어반자카파 노래를 들으며 지냈던 것이다. 그는 사람들이 가지고 있는 저마다의 이야기나 사회문제에 관심이 있었고, 나는 내 문제에 골몰하고 있었다. 그는 나에게 관심을 가졌고, 나는 그가 보내는 관심에 관심이 있었다.

돌이켜보면 우리는 그맘때 루저가 되는 길목에 서 있었다. 우리는 학교 근처 카페에서 만나 콜라에 더치커피를 섞은 음료를 마셨다. 그걸 마시면 심장이 빠르게 뛰었기 때문에 평소보다 더 많은 호응을 할 수 있게 되었다. 사랑이는 내가 하는 농담을 하나도 흘려보내지 않았다. 거기에 내가 들어 있다고 여기는 것 같았다. 나는 그렇게 나라는 인간에게 호기심을 보이는 사람에게 호감을 가질 수밖에 없었다.

학교 도서관에서 책을 잔뜩 빌려 짊어지고 내려오던 날에도 사랑이를 만났다. 비가 오는 날이었고, 우리는 둘 다 워커를 신고 있었다. 이번에도

더치콕을 마셨고, 그가 나를 버스 정류장까지
데려다주었다. 어쩐지 그에게 낑낑대며 버스 타는
모습을 보여주는 게 아무렇지 않게 느껴졌다. 오히려
그렇게 고생스러워할수록 나를 흥미롭게 보는 것
같아서 더 괴짜처럼 굴었을 수도 있다. 가령 정혈통에
시달리던 낮, 햇볕에 달구어진 백마상 위에서 허리를
지진다거나. 사람이 죽고 잉어가 사는 데서 고개를
젖히고 낮잠을 잔다거나. 그는 내가 보여주는 대로
나를 받아들였다.

✦

사랑이와 식당에서 만나기로 했다. 그가 먼저
도착했다. 주차하고 들어간다고 메시지를 보냈더니
그가 답했다. "이따 한나 오면 감자볶음 많이 먹어."
감자볶음은 맛있다. 그걸 많이 먹을 수 있으면
좋겠다고 생각한다. 그런데 사랑이가 그렇게 말하니까
그제야 감자볶음을 좋아하는 사람이 진짜로 된 것
같았다. 나는 감자볶음을 좋아하는 사람이었다.

42

�

가끔 사랑이는 구글에 내 이름을 검색해본다. 요즘은
그러지 않는데, 구독자가 많은 한 유튜브 채널에
출연한 직후에 가장 많이 그랬다. 그는 검색 결과를
뒤지며 내 사진을 본다. 이상하게 나온 사진이 있으면
누구보다 크게 비웃고, 신기해하기도 한다. 이럴 때는
나보다 더 나에게 관심이 있는 것 같다.

✦

사랑이는 세븐일레븐에서 닭다리구이를 사 먹으며
대학로를 걷다 발견된 것으로 나에게 놀림을 받는다.
너 그날 세븐일레븐에서 닭다리 사 먹었잖아, 하고
말하면 사랑이는 어이없어하면서 그냥 배고파서 사
먹은 거거든? 그리고 미니스톱이거든? 하고 대꾸한다.

✦

우리는 서로를 알게 되었다. 사랑이네 집 화장실에는

43

그가 어릴 때 지은 동시가 코팅되어 붙어 있고, 그의
가족은 엄마, 아빠, 이모 할 것 없이 애정 표현을 많이
하는 사람들이다. 그가 인간에 대해 가지고 있는
신뢰는 내가 가진 그것과 근본적으로 다르다.

그는 이렇게 생각했다.

친구 = 좋은 것

또는

친구 = 한나

다른 도시로 출장 갈 때 사랑이 즐겨 먹는 음식은
김밥이다. 그는 우리 동네 맘카페에서도 일찍이 알아본
바 있는 김밥집의 어린이 치즈김밥을 특히 좋아했다.
그가 운전할 때는 내가, 내가 운전할 때는 그가 입에
하나씩 넣어주곤 했는데(들고 먹고 싶냐고 물어본 뒤
그렇다고 하면 하나씩 밀어서 먹을 수 있게 종이를
뜯어주기도 한다) 간혹 그의 입안을 보게 되는 게
그다지 기쁜 일은 아니었다. 아마 그도 그랬겠지만······.

우리는 출장길을 꽤 좋아한다. 여기 언제 왔었지? 하고 익숙하게 느껴지는 진입로에 대한 기억을 더듬는 것이나, 강경 쪽으로 향할 때면 젓쟁이젓갈과 같은 간판을 보고 반드시 한 번은 언급하고 싶어하는 서로에게 부응하는 일도 즐겁다.

가는 길에 오늘 할 이야기를 정리하고, 노트북을 켜서 발표 자료를 확인하기도 한다. 풍경에 대한 인상, 미래 걱정, 연애, 가십, AI, 해리포터 시리즈를 어디까지 봤는지 같은 걸 이야기하다 보면 아슬아슬하게 목적지에 도착한다. 우리는 주차장에서 대전역까지 죽음과도 같은 달리기를 하고는 허무하게 기차를 놓친 적이 있고, 서울에서 만나기로 한 사람에게 대전역 성심당에서 빵을 사다주자고 한 뒤 빵집에는 들어가보지도 못하고 포기했던 적이 있으며, 대전으로 돌아오는 길에는 이 모든 것에 지쳐 다신 올라가지 말자고 다짐하기도 했다.

친구여, 친구가 없구나 — 라는 말을 시작으로 글을 쓰고 있다고 하면 그는 진심으로 걱정하며 왜……? 하고 물을 것이다.

45

✦

사랑이와는 1년에 큰 싸움을 두세 번씩 한다. 그럴 때 내가 참을 수 없어하는 말은 이런 것이다. "또 이러네." 나는 그 말을 들으면 참을 수 없이 억울해지며 오해받았다는 기분에 펄쩍펄쩍 뛰게 된다. 하지만 돌이켜보면 대화 중에 나는 마치 그 말만을 기다렸던 사람처럼 그 입에서 나를 미치게 하는 말이 나오도록 유도하고 있었는지도 모른다는 생각이 든다. 그 순간에는 인정하기 싫고, 인정할 수도 없지만 이렇게 마음이 너그러워졌을 땐 인정할 수 있게 된다.

　걔가 지각해놓고 미안하다는 말을 안 할 땐 싫지만, 그렇기 때문에 나 역시 지각했을 때 미안하다는 말을 백 번 하지 않아도 된다. 그러니 어쩌면 이것은 좋은 일일지도 모른다. 상담 선생님은 말했다. "갈등은 계속되지만 사랑은 사랑대로 하는 거다……."

✦

'그것'을 말할 수 없다고 생각하는 순간 관계는 죽는

게 아닐까? 할 수 없는 말이 생겼고 하고 싶긴 했지만, 할 수 있을까 그가 그 이야기를 감당할 수 있을까 생각했고, 감당하지 못하는 그의 모습을 내가 감당하지 못했다. 그런 이야기는 무엇이든 될 수 있다. 그의 뿌리를 흔드는, 그가 인정하기 힘들어하는, 그러나 그 삶의 모든 방면에 영향을 미치는 것으로서.

✯

사랑이와 나는 오래되었다. 오랜 시간 함께 알아온 이름이 있고, 너 아직도 그 사람 이름 기억해? 하고 놀라 자빠지는 사람이 있다. 우리는 우리만의 복잡한 억울함과 우리만의 복잡한 서운함 위에서 그럼에도 불구하고 쌓은 애정을 소중하게 여긴다.

　우리는 하루 잘 논 것 하나로 "우리 정말 재밌게 놀았다, 그치" "넌 오늘 뭐가 제일 재밌었어?" 그러면서 복기하는 걸 즐긴다. 그리고 나는 좋아하는 사람에게 똑같이 묻기도 한다. "오늘 재밌었지 우리, 뭐가 제일 좋았어? 나는……" 그리고 가끔 덧붙인다. 이렇게 묻는 거 사랑이랑 하던 거야.

집에 있는 스피커를 안 팔길 잘했다고 생각했다. 친구들이 우리 집에 와서 노래 듣는 걸 보면서. 성아가 분갈이하는 동안 그걸로 비비가 피처링한 노래도 듣고 온갖 노래를 들었다. 스피커를 가운데 놓고 둘러앉아서 이것저것 마시고 그들이 전자담배 피우는 모습을 보고, 종량제 봉투에 흙을 버리며 놀았다.

사랑이와 밥을 먹고 서대전초등학교를 몇 바퀴 돌았다. 가방에 200만 원 상당의 귀중품인 맥북이 있었던 사랑이는 공항 도둑 같은 괴한이 우리 주변에 있지 않을지 걱정했다. 결과적으로 우리는 도둑이 나타나 가방을 훔쳐가기 전에 다리가 아파 벤치에 앉았다. 우리 옆 벤치에 앉아 있던 할머니 두 분이 현관 앞에서 유니폼을 입고 뭘 먹고 있는 초등학생 여자아이들에게 나이가 몇 살이냐고 물었다. 그 장면을 보고 사랑이는 세대 간의 연대라고 말했다. 틀린 말도 아니었다.

사랑이는 어느 날엔가 내가 내 친구들과 잘 지내게 된 게 너무 기쁘다고 입을 삐죽거리며 울었다. 그 모습이 정말로 귀엽다고 생각했다.

친구 집에 있다가 갑자기 뛰쳐나오고 싶어지는
기분이나 친구를 우리 집에 불러놓고 제발 빨리 갔으면
싶어지는 기분에 대해 말하고 싶다. 묘한 끌림이 있는
사이라도 그렇다. 들기름 막국수 다 먹었으면 이제
가라⋯⋯ 자고 가라고 한 건 나지만 너만 없으면 너무
재밌을 것 같아⋯⋯ 유튜브에 펭귄들 걸어다니는
영상 검색해서 틀어놓고 빨래 개고 싶어⋯⋯. 그런데
사랑이한테는 안 그랬다.

　　같이 있는 게 너무 편하게 느껴지는 사람을 만나면
이렇게 묻는다. 혹시 사주에 화(火) 있으세요? (미팅
자리라고 할지라도.) 그 사람이 말한다. 네, 저 너무
많아요. 과연 너무 잘 맞는 사람이시네요⋯⋯.

　　우리 집에 와 있어도 쫓아버리고 싶지 않은 것은
그 사람 앞에서 내가 나일 수 있기 때문일 것이다.
너무 피곤해서 죽어버리고 싶다고 말할 수 있고 잠이
쏟아지니 좀 자겠다고 할 수 있고 피자를 시킬 테니
너도 먹고 싶으면 먹으라고 할 수 있다. 생각해보면
너무 많은 것을 신경 쓰느라 기력이 떨어졌던 것이다.

49

아무도 뭐라고 하지 않았는데…….

✕

내가 그들을 사랑하는지는 잘 모르겠다. 내가 다 잘못했고 이제야 알았다는 노래(듀스의 「다투고 난 뒤」)를 들으며 친구들에게 잘해주고 싶다는 생각을 한 적은 있다. 동시에 내가 잘했던 일들이 떠오르면 억울해지기도 한다. 같이 있을 때 휴대전화를 만지는 짓은 다들 하는데 유독 나한테만 전화기 좀 그만 보라고 한다든가, 집에 가겠다고 하니까 너 계속 집에 갈 타이밍만 노리고 있었냐고 타박을 한다든가…….

✕

나는 사랑이를 만나러 간다. 네가 보고 싶어서 간다고 하지만 실은 가는 길에 커피를 마시면서 그 시간에 하는 라디오를 듣고 싶은 것일 수도 있고, 음악을 듣고 풍경을 보고 싶은 건지도 모른다. 얼마 전에 들은 가십을 전해주고 싶은 건지도 모른다. 그가

50

쓰던 물컵은 쓰기 싫지만 정 없다고 한소리 들을까 봐
조심스럽게 내 컵을 따로 마련했다. 나는 걔와 내가
가장 친밀했던 때를 떠올리며 '우리'라고 한다. '그때
우리 성심당에서 줄 서 있을 때 했던 얘기 재미있었지.'

✧

사랑이가 연인과 헤어졌다. 나에게도 그런 일이
일어났다. 말하자면 우리는 비슷한 파장 속에 있었다.
그가 밤을 어떻게 보내야 할지 몰라 괴로워하던 나에게
먼저, 오늘 너희 집에서 잘까? 했을 때 나는 정말로
기뻤다. 그의 마음이 바뀔까 봐 얼른 답했다.

　　"템퍼 베개 너 써……."

　　"나도 있어……."

　　그는 쇼핑백에 경추 베개와 허리 받침대, 빵과
과일을 챙겨 우리 집에 왔고, 쓰레기 냄새에 놀라며
소파에 자리를 잡았다. 나는 그가 소파에서 휴대전화를
보는 동안 방에 가서 통화를 하고 나오거나 설거지를
하거나 텔레비전을 보거나 바닥에 누워 있으면서
오랜만에 안심된다고 느꼈다.

51

낮이면 낮잠을 함께 잤고, 자고 일어나서 나

얼마나 잤냐고 물어보는 일을 잊지 않았으며, 배달

음식을 시켜서 밥을 먹었다. 우리는 오후 일정이 있기

전까지 같이 시간을 보내다가 나가곤 했다. 나는

그게 좋았다. 어떤 날에는 소파에 한 사람, 바닥에 한

사람 누워서 각자 게임을 하며 시간을 보내다 가까운

식당에 가서 밥을 먹었다. 그리고 음식 냄새를 풍기며

집으로 돌아왔다. 둘이 몰래 삼겹살 먹고 비건 친구

만나러 가는 길에 냄새 안 풍기려고 집에 가서 옷을 싹

갈아입었던 날도 죄책감은 조금 들었지만 즐거웠다.

그와 있는 시간이 편안했고, 그는 내가 편안해한다는

사실을 반가워하는 것 같았다.

　　누군가가 자고 일어났을 때 내가 생활하는

소리를 들려줄 수 있고, 나도 그 사람의 소리를 들을

수 있으면 좋겠다고 생각했다. 사랑이와 같이 있는

밤에는 술을 마시고 싶다는 생각을 별로 하지 않았다.

왜냐하면 그가 술을 못 마시기 때문이다. 술을 마시고

싶어지더라도 그때 하게 되는 생각은 혼자 있을 때

하는 것과 전혀 다른 유일 것이다. 우리는 주로 가십에

반응하고 가십을 찾아다닌다. 그러면서 그 가십의

54

주인공이 될지도 모른다는 생각은 추호도 하지
않는다…….

나는 요즘 그에게 매일매일 너무한 썸녀처럼 군다.

　뭐 해? 지금은 뭐 해? 무슨 자세로 있어? 그가
애인과 좋을 때는 하루걸러 답이 오고 그도 심심할
때는 디테일한 답이 온다. "방실이네서 밥 사 먹고
배불러서 잠들었는데, 소화시킬 겸 탄방역 쪽으로
걸으려고. 그 근처에 약국 있는데 들러서 식염수도
사고……."

우리는 요 며칠 닭살스러울 정도로 서로에게 애정을
드러낸다. 고마워, 오늘 어땠어.

　말할 필요도 없이 그건 이기적인 마음이다.
사랑이랑 얘기할 때가 제일 재미있고 이 얘기는
사랑이한테 제일 먼저 해주고 싶다―그런 생각을 하고

있으면 사랑이가 세상에 있는 게 다행이라고 생각하게
되기 때문이다. 필요와 우정을 함께 놓고 생각하는
것이 불경하게 느껴지긴 하지만, 나에게는 그가
필요하다.

✦

사랑이는 종종 나에게 노래를 들려주려고 한다.

"너 쏠 노래 들어봤어?"

"아니."(중저음)

"왜 그렇게 냉정해?"

"니가 틀까 봐."

"선아도 나한테 들어보라고 전화했어." 둘이 왜
그렇게 낭만적이냐고 물었다. "응? 선아가 카톡으로
이 노래 들어봤냐고 몇 번 물었는데 내가 대답이
없으니까 전화한 건데?" 그게 엄청 낭만적이야…….

내가 선아에 대한 결핍에 시달리고 있을 때 사랑은
쏠의 노래를 틀었다. 이 앨범 전체가 옛날 노래 같고
좋다고 했다. 노래 제목은 「미련한 사랑」이었다. 내가
아는 「미련한 사랑」은 JK 김동욱의 곡과 JK 김동욱

노래를 부른 이하이의 곡뿐인데…… 노래는 좋았다.

"그만 들으면 안 돼?" 사랑이 그럴 줄 알았다는
듯 말했다. "거기까지가 네 완성이다." 그는 나를 너무
잘 알았다. 어떻게 알았지? 그는 노래를 끄고 말했다.
"많이 킹받아봤으니까." 그는 구시렁거렸다.

"틀어주면 좋아할 거면서…… 난 네가 좋아하고
싫어할 거 뭔지 알아. 그래서 네 앞에서 빌리 노래
안 틀잖아." 약간 항변에 가까웠다. 맞다. 그는 나를
너무나 잘 안다. 나는 조용한 노래를 들으면 죽고
싶어한다. 너무 조용하기 때문이다. 하지만 빌리
아일리시가 부른 「Guess」는 신나는 노래였다.
사랑이는 가사와 뮤직비디오도 봐야 한다고 주장했다.

"코요태 노래가 아니면 숨통이 조여와."

"너랑 나는 리듬이 다르지."

「순풍산부인과」만 뜨던 내 유튜브 목록에 빌리
아일리시의 얼굴이 보이기 시작한 건 조금 낯설고
글로벌한 일이었다. 우리 집 벽지 우리 집 행거 우리
집 선풍기 뒤로 여자들의 속옷이 나부끼고 키스하고
핸들을 돌리는 장면을 보고 있자니.

그날 백 보도 걷지 않은 것에 놀라 밤 산책을 하러

나갔고, 쑬과 빌리의 음악을 들었다. 그중에 이 가사가
가장 마음에 들었다, 너 내 구글 드라이브 비밀번호
아직도 맞히고 싶냐는 부분……. 내가 지금 이 글을
구글 문서로 쓰고 있기 때문은 아니고…… 사랑 선아와
일할 때 구글 드라이브를 쓰기 때문은 아니고…….

✦

헤어진 연인과 친구 하기. 이건 하는 게 아니라 되는
것이다. 왜냐하면 어떤 이야기는 걔하고 해야 재미있기
때문이다. 어떤 반응은 걔한테서만 나오고, 어떤
생각은 걔만 할 수 있고, 어떤 농담은 걔만 받는다.
어떤 나는 걔 앞에서만 나온다. 그 사람도 그럴 것이다.
우리는 으르렁대며 앞으로 연락하지 마 열받게 하지 마
그러면서도 몇 주 뒤에 연락하고, 아무 일 없었다는 듯
메시지를 주고받는다.
　　전 연인에게 못되게 굴었다가 영영 못 볼 뻔한 적이
있는데, 다행히 그는 내 사과를 받아주었다. 그러면서
이렇게 말했다. 너를 만나지 못한다고 생각하면 한쪽
문이 닫히는 것 같은 느낌이 들어. 내가 낭만적으로

꾸며낸 말일 수도 있다. 이 문장에 화가 난 그가 아 이젠 진짜 보지 말자, 라고 할 수도 있다. 하지만 우리는 보지 않을 수 없다. 우리는…… 그냥 그렇게 태어났다.

어쩌면 우리는 헤어져서도 대화를 해야만 하는 사이이기 때문에 사랑에 빠졌을 수도 있다. 우리는 서로를 알아보았기 때문에 연인이 되었고, 연애가 끝난 뒤에도 그 사실은 변하지 않았다. 그가 고독을 씹고 있을 때를 알고, 그가 자기 세계에서 변화하고 있다는 것을 느끼고, 그가 애써 살아가고 있는 걸 본다. 그가 그렇게 생겨먹은 바람에 분투하게 된다는 것을 알고, 길가의 거렁뱅이를 지나칠 때 할 법한 생각이 무엇인지 안다.

나는 그에게 좋은 사람이 아니다. 좋은 감정이 들게 해주는 사람도 아니고, 더 이상 특별하지 않을 수도 있다. 하지만 몇 넌 동안 대화도 않고 서로의 블로그를 보지 않아도, 우리는 돌아보면 같은 이슈에 열을 내고 있고 같은 인터뷰를 읽고 있다. 우리 책장에는 같은 작가의 책이 꽂혀 있다. 내가 변하는 동안 그도 변한다. 나는 나의 변화만큼이나 그의 변화가 궁금하다.

헤어진 연인의 집에서는 묘하게 편안한 분위기가

57

감돈다. 걔가 먹으려고 해둔 음식은 싱겁지만 맛있다. 그 집 소파에서 자면 잠도 잘 온다. 아마 서로 잘 보일 필요가 없는 관계가 되어버려서일 수도 있다. 어쩌면 나는 조금 부서진 관계에서 조금 더 진심이 되는 사람일 수도 있다. 그래서 얼마 전에는 그 집에서 걔가 만든 불고기를 얻어올 뻔했다.

헤어졌으면서 왜 그렇게 그 집엘 가? 누가 물으면 나는 이렇게 말한다. 편해, 재밌고…… 그 집 소파가 편해. 사람들은 이렇게 말한다. 웃기시네. 전 연인은 이렇게 말한다. 안 오면 안 돼……?

헤어진 연인과 지금 연애의 괴로운 점에 대해 이야기하는 일은 확실히 편하고, 재미있다. 내가 연애에 대해 가지고 있는 불안, 두려움, 취약성을 어떤 편안함과 믿음 속에서 말하게 되기 때문이다.

그 대화를 통해 몰랐던 걸 알게 되기도 한다. 너 그랬어. 나 그랬어? 몰랐어. 너 그래. 나 그래? 너도 그래. 난 아냐. 그런 쓸모없는 대화도 하고…….

내 지난 연인들은 재미있고 똑똑하다. 그들은 글을 쓴다. 한 명은 썼다 안 썼다 하면서 안 쓸 거라는 말을 자주 하지만, 그는 안 쓰고 살아갈 수 없다. 왜냐하면 그의 글을 대신할 글이 세상에 없기 때문에, 그 자신이 그것을 읽어야 하기 때문이다.

✦

나는 미련해 보일 정도로 약 먹기를 꺼린다. 약을 삼킨 뒤 식도로 올라오는 약 냄새를 견딜 수 없다. 그 냄새를 맡으면 내가 실제보다 더 안 좋은 상태라고 생각하게 되며, 그러면 들떠서 할 수 있었던 모든 일 — 집에서 음악 틀어놓고 신나게 있기, 차 타고 아무 데로나 나가기, 자전거 빌려 타고 동네 한 바퀴 돌기, 술자리 가기 — 을 하기에 내가 조금 병든 상태가 아닌가 하고 조금 기운이 꺾인다. 약 몇 알을 털어 넣고 푹 잔 뒤 무거운 몸에서 떨어져 나오는 것도 좋다고 생각하지만, 음식이 아닌 걸 먹는다는 감각에 익숙해지지 않는다. 목구멍을 자극하고 넘어가는데 맛이 없다는 점도 약에 거부감을 느끼는 이유다. 알약과 물을 삼키고 난 뒤 느껴지는 배부름도 싫다.
　　나는 아픈 기색이 역력한데도 약이 있으니 먹는 게 어떻겠냐는 권유를 한사코 거절하는 성가신 연인이었다. 그렇게 나을 때까지 누워 있었다. 이 미련한 습성은 노란색 비타민 B를 조금 챙겨주는 친구 덕분에 조금씩 변하기 시작했다. 그가 권한 비타민제를 한 번 실수로 먹은 다음 날 아침, 화장실에서 비타민 냄새가 난다는 것을 알았고, 거짓말처럼 몸이 가뿐했다.

그런 식으로 누군가의 생활로부터 무언가를 알게 된다. 그 사람이 먹는 시리얼이 내 입에도 맞는다는 것, 그것과 같이 먹으면 좋은 오트밀크가 있다는 것, 집에 소파가 있으면 좋다는 것, 소파 위에는 담요가 있으면 더욱 좋다는 것. 나는 마트에서 시리얼과 오트밀크를 사고, 이케아에서 담요를 구경했다.

그런 사람을 내가 원하던 것보다 조금 더 좋은 것을 알고 있는 사람이라고 말할 수 있을까? 딱 좋은 타이밍에 딱 좋은 맛의 초콜릿을 입에 넣었을 때, 같이 마시는 음료는 아이스커피면 좋다는 것. 그리고 그럴 때 커피는 식초맛이 나는 약배전 원두여도 좋지만 훈향이 나는 묵직한 원두여도 좋다는 것. 조금 무리한 날이면 어김없이 어깻죽지와 목 부근의 뻐근함을 호소하며 몸이 으슬으슬하다고 할 때, 그는 내가 그럴

것을 나보다도 먼저 예상했다는 듯이 내 셔츠 단추를
끝까지 잠가준다거나, 맨살이 드러나 보이는 발목을
손으로 감싸 쥔다거나, 양말을 발목까지 올려준다거나
하는 식으로 보온에 힘썼다. 나는 그런 게 무슨 도움이
되나 생각하거나, 거의 아무런 생각을 하지 않았다.
좀더 따뜻하게 입으면 올겨울을 더 잘 보낼 수 있게
될 거라고 그는 말했다. 생각해보면 간단한 일이다.
그러나 혼자서는 좀처럼 생각하지 않는다.

무슨 말 끝에 사랑이가 말했다. 자기에 대해서
생각하려면 너무 많은 것이 필요하잖아. 전혀 다른
이야기를 하던 중이었지만, 그 말이 중요하다고
생각했다.

'어떤 진실을 공유하는 사이'라면 그 관계는 언제든
친밀해질 수 있고, 관능적이 될 수도 있으며, 심지어

서로를 끌어당기기도 한다. 헤어진 뒤에도 이어지는 관계에 우정이란 이름을 붙이는 게 억지스럽기는 하지만, 이것이 여자들 사이에서 가능한 관계임엔 틀림이 없다. 너의 평전을 쓴다면 내가 쓰겠다고 생각한다. 그건 다른 사람들은 모르는 너의 모습을 나는 안다는 마음에서 나오는 허영일 수도 있고, 그만큼 너를 온전하게 보고 싶다는 결심일 수도 있다. 막상 만나면 데면데면하거나 커피를 앞에 놓고 별말 없이 있다 헤어지더라도 한두 해에 한 번씩 만나게 되는 사람, 연이 끊어진 것처럼 보여도 남들이 너희는 꼭 이어져 있는 것 같다고 이야기하는 관계가 내게는 있다. 속 깊은 얘기는 하지 않고 장난만 치다 헤어지지만. 그 사이에는 복잡한 역동이 있고 감정이 있다. 내가 진짜라고 여기는 사랑은 죽어도 좋은 사랑이지만 나는 아직 살아 있듯이……

☆

이것은 진짜가 아니면 모두 0일 뿐이라고 생각하는 내가 어떻게 늘 2순위나 3순위로 밀리고 마는

62

우정이라는 단어에 전능함을 느끼게 되었는가에 관한 이야기다.

☆

친구들과 있을 때 외로워지는 것은 우리가 합일될 수도 그렇다고 완전히 분리될 수도 — 밀어낼 수도 같아질 수도 — 없어서다. "오 친구들이여, 친구는 없다네"라는 말이 내 심금을 울리는 것은 어쩌면 내가 애타게 타인을 찾으면서도 지독하게 자기중심적인 사람이어서인지도 모른다. 그 말을 하는 사람은 사는 동안 다른 사람의 체온을 찾아 헤매지만 온도가 너무 뜨거워서도 미지근해서도 안 된다고 말할 것 같다. 감자 칼에 손가락만 조금 베여도 세상이 나를 버렸다며 슬퍼할 준비가 되어 있을 것 같다. 그렇다, 절대 친구가 되고 싶지 않은 부류인 것이다⋯⋯.

☆

사랑이가 혼자 남았을 때만 나한테 전화한다는 사실이

가끔 마음에 걸린다. 하지만 나 역시 연인과 헤어지고 집으로 돌아오는 차 안에서 그에게 전화하고 싶어지며, 그건 절대로 그를 두 번째로 놓아서가 아니라는 것을 안다(실제로 두 번째여서 그렇게 할 때도 있다).

우리는 우정이 극에 달하면 이런 고백을 하곤 했다.

　　난 너랑 얘기하는 게 제일 재밌어.

　　너랑 말하고 웃을 때 너무 시원해.

　　내가 우정을 밋밋하고 시시한 장르라고 여겨왔던 데는 여러 이유가 있다. 어떤 친구 관계는 자아를 구성하고 나 자신을 발견하는 데까지 갈 수 있는 사이가 아닌 것처럼 느껴졌고, 친구와 거기까지 가는 경우에는 반드시 연인이 되고 만다는 것. 우리는 친구인 이상 언제나 서로에게 두 번째이며, 그렇기 때문에 시비를 걸어 드라마를 만들 수도 없다는 것⋯⋯.

✦

상담사와 친구 관계에 대해 이야기했다. 한 친구와 너무 많이 싸우게 된다고. 우리가 싸우는 이유를 설명해주거나 덜 싸우려면 마음을 어떻게 먹어야

하는지 조언해주었으면 했는데, 그는 얼마 전 친구와
싸운 이야기를 들려주었다.

　"친구랑 놀면서는 안 싸워요. 놀 때는 있는 그대로
봐주잖아요." 선생님은 며칠 전에 놀다가 싸웠다고
했다. 나이트에서 귓속말로 싸웠다고 했다. 선생님이
무아지경으로 춤을 추자 친구가 다가와 속삭였다.
"너 재미없어 보여." 선생님은 대답했다. "난 내 춤 출
테니까 넌 네 춤이나 신경 써."

끊임없이 돌아가기.

PART 3

여름, 젊음, 친구로 영화를 만든다면 강가에서
자전거를 타는 장면이 등장할지도 모른다. 그러나
나는 드라마틱에 관해 쓰기를 더 좋아한다. 드라마는
이렇게 시작된다. 야, 이래서 한강에 오는 건가 보다.
우리는 너무 자주 서로를 야, 라고 부른다. 먼저 말하기
위해서…….

　　✦

지호를 처음 만난 건 4학년 2반 교실에서였다.

　　거기서 지호는 디스코 머리를 한 유일한 애였다.
그는 반듯한 떡볶이 코트를 입었다. 급식 당번이었던
나는 지호한테 밥을 떠줬다. 그때 밥에 관해서 했던

말이 우리의 첫 대화다.

　　국어 시간에 선생님이 낭독을 시키면, 틀리지 말고 읽어야지 하는 다른 아이들과 다르게 지호는 그 내용을 좋아하기라도 하는 것처럼, 그것을 읽기 위해 태어난 사람처럼 실감나게 읽었다. 나는 그가 빠져드는 모습에 빠져들었다. 그가 읽을 때는 잡소리가 나지 않았다. 선생님이 칭찬을 했지만, 지호는 그다지 뿌듯해하지 않는 것 같았다. 책을 읽을 때는 이렇게 읽어야 하는 거 아닌가요? 같은 표정으로. 하여튼 지호는 나보다 뭔가를 더 빨리 알았다. 둔산동이 대전에서 제일 큰 동네라는 것도, 지하철 타는 법도, '레알라면'도.

　　그를 거치면 모든 게 실제보다 더 그럴듯해 보였다. 그가 한심하다고 헐뜯는 사람마저도 특징적으로 한심해서 멀리서 구경이나 한번 해보고 싶다는 생각이 들었다. 그는 또 홍콩 영화를 좋아했는데, 홍콩 영화를 보고 싶은 기분이 들면 실제로 영화를 재생하는 것보다 그에게 '홍콩 영화'라고 말하고 대답을 듣는 게 더 영화적으로 느껴질 때도 있었다. 영화보다 영화에 탄식하는 지호가 더 영화 같았다. 「히로시마 내 사랑」보다 그가 그걸 보고 쓴 일기가 더 히로시마

70

같았고 더 내 사랑 같았다.

수능이 끝나고 지호는 서울에 갔다. 처음 그의 자취방에서 자던 날 걔가 사는 동네 이름을 알게 되었다. 같은 동네에서 이사도 한 번 했다는데, 그때는 같은 과 친구가 수레를 끌어서 짐을 옮겨줬다고 했다.

나는 그가 다른 사람과 친해지는 것을 본다. 그들은 같이 사업도 할 거랬다. 신년 맞이 사진 촬영도 했다. 새해 선물도 주고받은 것 같다. 나는? 혼자 빵을 먹고 있다. 그가 초등학생 때 국어 교과서의 지문을 얼마나 실감 나게 읽었는지 생생하게 기억하고, 중학생 때의 굴곡을 알고 있다. 크면서 그가 얼굴을 사용하는 방법이 달라졌음을, 말투가 달라졌음을, 그럼에도 여전히 좋아하는 것이 하나 있음을 안다. 뭔가를 좋아하는 것이 그의 삶의 방식임을 알게 되었다는 얘기다.

그를 만난 내 연인은 말했다. "지호 씨는 나비 같아요, 아름다운 것을 쫓는……." 지호는 그릇도 좋아하고, 팩에 담긴 고사리도 좋아한다. 아프리카에서 온 나뭇조각을 거실 어디에 배치해야 하는지도 아는 것 같고, 새틴으로 된 옷을 입기도 한다.

나는 '친구'라는 단어를 들으면 잘 만나지도 않는 지호를 떠올린다. 그는 특이하고, 유별나고, 웃기고, 성가시다. 우리 집에서 하루 자면서도 뭐 그렇게 필요한 게 많은지, 나갈 때는 모자라도 빌려달라고 해대는 통에 집에 있는 모자를 죄다 숨겼다. 지호는 그 사실을 어이없어하다가 금세 잊었다.

　　둘이서 만날 때 지호는 조금 더 나긋나긋해진다. 그래서 요즘 어떤데, 같은 말을 하기도 하고 내 전 연인과 친해지고 있는 상황에 대한 보고도 전한다. 어떡할 거야. 뭐가. 너무 친해지고 있잖아.

　　하루는 그와 야당을 걸었다. 걔도 나도 야당에 살지 않는데 거기서 우동을 사 먹고 밤거리를 쏘다녔다. 2차로 술을 마시기로 해서 일행이 오기 전까지 소화를 시켜야 했다. 우리는 대단지 아파트를 걸었고, 술집을 따라 걸었다. 지호는 「아사코」라는 영화를 보았으며, 그것이 어떤 사랑 이야기인지 말해주었다. 그리고 나에게 물었다. "너의 아사코는 누구야?" 앞뒤로 몇 번의 끌림이 반복되어도 덮이지 않고 오히려 그쪽에 수렴되거나 정리돼버리는, 사랑의 원형 같은 존재가 너에게 누구인가 하는 질문이다. 내가 그 순간 생각한 것은 이런 것이다. 대부분의 사람이 대답하길 주저하더라도, 금세 누군가를 떠올릴 것이라는.

우정의 아사코도 있으리라고 생각한다. 그렇게 되면 이미 그는 아사코가 아니겠지만…… 생일 파티에 잘못 초대돼 끝자리에서 부끄러워하고 있을 때 "너도 여기 와서 먹어" 하고 손을 끌어주던 인간에 대한 기억이 누구에게나 있을 것이다.

✦

밤에 친구들이 하나둘 우리 집에 왔다. 지호는 우리 집 밑에 있는 편의점에서 벤앤제리스 아이스크림을 두 개나 사 왔다. 나도 그 김에 초콜릿 맛이 나는 진한 아이스크림을 먹어보았는데, 지나치게 달다는 생각만 들었다. 하지만 이런 경험은 휴일을 더욱 휴일답게 만들었다. 나는 턱걸이 봉에 매달려 애들을 웃겨주기도 하고 친구들이 회사에서 만난 또라이, 또라이의 약점에 대해 듣기도 했다. 내가 보는 너, 내가 보는 네 과거, 이런 이야기를 하며 시끄럽게 떠들었다. 그중 한 명의 가족이 태우러 온다기에, 그러면 가는 길에 나머지

둘도 내려주기로 하고 우리는 빠르게 헤어졌다.

✦

나는 은근히 그와 남겨질 시간을 기다렸다. 우리 둘이 남겨지면 그는 서넛이 있을 때와 다른 말을 했고, 나도 그랬다. 조금 더 직접적으로 농담 없이, '자 이제 진실을 말할 시간이야' 같은 눈빛을 하고 한데 모였다. 어떤 날 그는 이런 고백을 했다. "난 요즘 그 어떤 대화에도 재미를 못 느껴."

　사람들은 진심으로 질문하지 않는 것 같다는 게 그 애의 발견이었다. 나는 걔의 모든 말이 재밌었다. 걔의 글도……. 글자를 읽으려고 책을 펼쳤다가 어머니 아버지 이런 단어가 지겹게 느껴지고 더 볼 것도 없다 생각되면 신선한 말을 하는 지호의 블로그에 들어갔다 나온다. 책을 좀 사고 싶은데 사기 전부터 중고같이 느껴질 때도 그 블로그만 한 게 없다. 그 글들은 직접적이고 허물이 없고 언제나 한복판에 있다.

　하루는 그와 카페에서 만나기로 했다. 그의 집에서 도보로 30분이 걸리는 곳이었다. 올 땐 어떻게 왔냐는

물음에 그는 엄마랑 산책하다 여기까지 오게 됐다고
했다. 내일 낮에 지호는 엄마랑 동네 순댓국밥집에 갈
거라고 하길래 거기 말고 이 집으로 가라고 추천했다.
좀 짤 거라는 말에는 견디겠다고 대꾸했다.

☆

지호는 가끔 메시지로 단어 하나를 보낸다. '먹부림'
같은 것이다. 자기가 어쩐지 싫다고 생각해서 웃고
싶은 단어.

　나는 당연히 웃었다. 왜냐하면 나도 그것의
웃김을 느끼고 있었기 때문이다. "먹부림…… 먹부림
하고 싶다!" 같은 식으로 그가 싫어했을 그 느낌을 더
강조하는 것이 포인트다. "오늘 먹부림 하고 싶네……."
더 미련해 보일수록 좋다. 왜냐하면 그가 크게
웃고 "정말 왜 저래" 하고 말하기 때문이다. 우리는
서로에게 그런 반응을 맡겨둔 듯이 말하곤 한다.

　나는 어떤 절임을 만드는 유튜브를 보다가 "매운
맛을 잡아줘요" 같은 표현이 좀 웃기다고 생각했고,
날이 밝으면 지호한테 '잡아줘요'라는 말을 해봐야지

75

하고 생각했다.

지호야 난 사실 맛을 잡아준다는 말이 좀 싫다.
왜냐면…… 잡아주는 건 알겠는데 실제로 잡아주니까?
근데 그냥 잡아준다는 말이 민망해.

그리고 답을 기다리고 있다.

걔는 그렇게 생각 안 한다고 해도 괜찮다. 중요한
건 이걸 걔한테 말해야지, 하고 생각할 수 있다는
것이었다. 분명 걔는 자기가 생각하는 더 이상한
단어를 나한테 말해줄 것이다.

그 잡채, 같은 말은 지호가 싫어하는 말인데 왜
싫은지 이야기하고 더 싫게 느껴지도록 말하다 보니
'그. 잡. 채.' '잡. 채. 덮. 밥.' 하는 식으로 더 과장되게
말해서 우리의 언어가 되었다. 그 잡채잖아…… 그
잡채니까.

✧

지호가 내 말을 듣고 어이없다는 듯이 코웃음을 치는
것이 좋다. "참나……"나 "하여튼 피곤하게 살아……"
같은 말이 붙을 때도 있다. 그가 그렇게 말하면, 지금

내가 하는 이 짓도 이해 가능한 범주 안에 있는 것처럼 느껴져서 안심이 된다. 한 번 어이없어하고 말면 되는 정도의 기행이자 그 정도의 결함이라는 생각이 든다.

✦

가수원 시장으로 참기름을 사러 가는 길에 지호를 불렀다. 그는 오늘 너구리나 끓여 먹으면서 집 밖으로 안 나가려고 했는데 너 때문에 나와버렸다며 투덜대면서도 시장 걷는 거 좋다, 하고 숨을 들이마셨다. 시장을 걷다 햇살분식에서 떡꼬치를 사 먹었다. 내가 떡꼬치를 맛있게 먹는 것을 보고 지호는 경멸하는 눈으로 물었다. "너 떡꼬치 좋아해?(그런 사람이야?)" 나는 더욱 생각 없는 표정을 지었다. "너무 맛있는데?" 그러고 있으면 고향에 있는 기분이 더 난다. 나는 기름집 주인에게 재차 확인했다. "중국산으로 주세요. 중국산 맞죠?" 지호는 그날을 이렇게 기억했다.

"그 와중에 국산만 찾아대는 네가 너무 웃겼어."

우리는 서로를 모른다. 시아준수를 좋아했던

중학생 지호와 안소희를 좋아했던 한나…… 둘은 어떤
이야기는 나눌 수 없다고 생각했던 것 같다. 하지만
그와 내가 끊임없이 말장난을 하고 참을 수 없다는
듯이 길에 서서 웃는 모습을 보면서 또 다른 친구가
말했다. 너희 둘이 오래 농담해온 사이구나!

　　내가 어려워하고 이해할 수 없어했던 우정은
하늘에서 뚝 떨어진 백 퍼센트 완벽한 누군가를
만나는 게 아니라, 그러고 보면 항상 있었던 지호를
재발견하는 것에 있었다. 어째서 나는 공허와 불화하는
느낌이 나에게서 나온다는 것을 인정할 수 없었을까?

　　우리는 카페에 앉아 있다 메모지를 발견하면
서로에게 편지를 쓰곤 한다. 내가 먼저 쓰고, 지호에게
답장을 요구하는 식이다. 지호는 미루고 미루다가 결국
답장을 쓴다. 나는 기대하면서 읽는다. 이건 내 얘기가
아니라 네 얘긴데? 하고 불만스러워할 때도 있지만
나는 편지를 다시 보고, 소중하게 보관한다. 편지 역시
농담과 장난으로 가득한데, 그것은 우리가 농담과
우스개를 경유해서만 진심을 말할 수 있기 때문일
것이다.

나는 지호가 무언가에 매혹되기를 바라는 아이이며,
그가 바라는 것은 매혹적인 대상 자체보다도 매혹을
기다리는 느낌, 매혹이 오려는 기미라는 것을 알게
되었다.

내가 새 글이 자주 올라오지 않는 그의 블로그를 왜
그렇게 즐겨찾기 해두고 생각날 때마다 들어가보는가
하면, 나도 그와 같기 때문이다. 가까운 사람의
글에서 나의 깊은 곳에 있는 것을 발견할 단서를
찾을 수 있다는 건 행운이다. 나는 그것이 우리가
같은 동네에서 자랐기 때문이라고 설명하곤 하지만,
가수원동에는 우리와 정반대 기질을 타고난 아이도
많았기 때문에 그런 설명은 충분하지 않았다. 어쨌든
우리는 우리 동네를 좋아했다. 봉우리가 아홉 개인
산이 있으며 바람에서 시골 냄새가 나는 동네였다.

가수원동은 내가 체험한 모든 것의 시작점이다.
태권도장에 다녔던 것도, 거기서 태권도에 빠진 친구를
만나 서로의 허리통을 발로 차며 친해졌던 것도,
컵라면을 먹고 세이클럽 쪽지를 주고받던 여자애네

집에 놀러갔던 것도, 신호가 바뀌기를 기다리다가
흙냄새를 맡고 "이게 산성비래, 이제 비 맞으면 안
된대" 같은 말을 듣고 빗물이 몸에 남으면 끈적하다는
것을 알게 된 것도. 가수원동은 유명 개그맨의
고향이기도 하지만 텔레비전에서 언급되는 동네는
아니다.

✕

추석 연휴 친구들과 드라이브를 했다. 오후 두
시쯤이었는데, 혼자선 갈 일 없는 오래된 골목을 걷게
되었다. 잠깐 내려서 허리도 펴고 바람도 쐬기로 했다.
그때 보았던 하늘과 성당의 나무 색깔, 친구들의 표정,
들뜬 기운 같은 것이 기억난다. 강가에 가선 아무도
이름을 제대로 알지 못하는 두루미나 학에 관해
이야기하며 돌바닥에 앉아 있었다. 돌은 차가웠고,
어린 시절을 생각나게 했다. 여전히 지금의 나와 어린
시절의 내가 교류하고 있다는 생각이 들었다.

방과후 부모님이 자리를 비운 친구네 집에 모여
진실게임을 할 때, 여자아이들은 남자아이의 이름을
말했다. 그 애들과 놀면서 어떻게 하면 더 친해질 수
있는지 배웠다. 나는 칭찬을 잘했고, 긴장을 풀어주는
법을 익혔다. 저녁이 되면 특별한 로맨틱함을 느끼며
그 애들과 헤어졌다. 그건 진실게임에서 좋아하는
남자애 리스트 10위에 내가 끼지 않았더라도 알 수
있는 사실이었다.

  무리라고 부를 만한 친구들이 생겨 미술관 견학도
같이 가고 버스에도 같이 앉게 되는 일은 중학교에
가면서부터 생겼다. 아이들은 여자애들 무리와
남자애들 무리, 그리고 어디에도 속하지 않은 괴짜
무리(라고 할 수 없음, 왜냐면 각자 있으니까……)로
나뉘어 있었다. 조용한 남자애들과 CD 게임을
하거나 공놀이를 하던 나는 갑자기 무리를 찾아야
했고, 그러는 동안에는 내가 나를 어떤 사람이라고
생각하는지와 관계없이 남들 눈에 어떻게 보이는지가
중요하다는 것을 깨달았다.

긴장감이 감도는 학교생활 속에서 나에게 편안함을 준 아이가 한 명 있었다. 지원이는 내가 빌려달라고 하는 것을 빌려주는 친구였고, 나서기보다는 조용히 있는 학생이었으며, 선동하거나 호들갑 떨지 않고 꼬리빗으로 앞머리를 빗어내리는 데 열심인 아이였다. 내가 이상한 압박감에 시달리며 혼자서 복도를 활보하거나 계단참에 앉아 있을 때면, 지원이는 한결같이 내 말에 대꾸를 해주며 나를 잘 받아주었다. 고속버스를 타고 교외로 나갈 때는 지원이네 무리와 함께 다녔다. 그렇다고 그에게 내가 하는 생각을 공유하거나 속 깊은 이야기를 털어놓았던 건 아니다. 다른 애들에게 그랬듯, 나는 그 애 앞에서도 오다가다 만난 사람처럼 굴었다.

늘 반듯한 생머리로 다닌다는 것, 가끔 앞머리를 짧게 잘라서 눈썹이 드러난다는 것, 남들과 달리 아무리 걸어도 교복 치마가 돌아가지 않는다는 것 정도만 알았을 뿐, 나는 지원이가 어떤 사람인지 알지 못했다.

스무 살이 되고 나서 알게 되었다. 그가 생각보다 술을 잘 마신다는 것, 게다가 좋아하기까지 한다는 것.

82

그가 무시무시한 안주도 잘 먹는다는 걸 알고 우리는 한 식당에서 단둘이 만나기로 했다. 내가 지원이를 다시 보게 된 사건이 둘 있었다. 개명 신청을 했다는 것, 그리고 방송 댄스를 배운다는 것.

그와 한동네에 살며 카페도 가고 일본도 가곤 했던 지호의 말은 진실이었다. 우리는 지원이를 몰라, 지원이 진짜 재밌는 애야.

우리가 진작 그렇게 만날 순 없었을까?

✦

어린 시절에는 내가 어떤 사람인지 모르고 무엇을 원하는지 모르면서 타인과 가까워졌다. 정말로는 알지 못했다. 그가 어떤 인간인지, 무엇을 원하는 인간인지, 우리가 왜 이렇게밖에 만날 수 없었는지.

✦

은배와는 특이하게 친해졌다. 누군가의 인스타그램에서 그의 공연 영상을 보았고, 웬일인지 그래볼까 하는 마음으로 댓글을 달았는데, 친근한 답글이 달렸다. 알고 보니 아이디를 착각한 그가 나를 친구로 오인한 것이었다. 그 김에 우리는 정말로 친구가 되었다. 처음에 어떤 이야기를 하다 그렇게 되었는지는 기억나지 않는다. "죄송해요, 제 친구 중에도 한나가 있어서"였거나, "계정에 o가 많이 들어가는 친구가 있어서"(내 계정은 ooo544다)였을 수도 있다.

둘 중 무엇이든 간에 나는 그의 소탈한 면이 마음에 들었다. 그렇게 건반도 잘 치고 노래도 잘하는 사람이 그토록 소탈하다니. 그의 엉뚱한 말들이 재미있게 느껴졌고, 다음에 자기 사는 동네에 놀러 오게 되면 크레페를 먹게 해주겠다는 말도 흥미롭게 들렸다. 그 크레페 아주머니는 한번 말을 시키면 말을 끊지 않는다면서도, 매일 걸어서 거기에 들르는 모습이 재밌어 보이기도 했다. 매일 조금씩 공원을 걷는 것이나 집 근처 도서관에 가서 이런저런 책을 빌려 오는 것이 좋아 보였다. 그는 내가 쓴 글을 읽고 답을 해주기도 했다. 과자나 음료수를 먹고 싶어하지 않는 엄마가 마트에 갔다가 웬일로 딸기우유를 사 왔는데

서울우유도 매일우유도 아닌 가장 싼 우유를 골랐다는
데 충격을 받았다는 내용이었고, 그는 이런 글을 보내
왔다.

　"딸깃값이 괘씸해서 한동안 무심한 척
지나쳤는데 어느 날 딸이 세일을 하는 거예요, 세
박스에 5000원…… 도저히 무심해질 수가 없어서
사 왔는데 제 선택에 너무 고맙더라고요. 어머니가
고르신 딸기우유가 그런 뜻밖의 만족감(?)을 줬으면
좋겠어요. (…) 엄마가 얼마 전에 아웃렛 지하 매장에서
할인 스티커 붙은 캔맥주를 사 왔는데 무알콜이지
뭐예요? 두 캔이나 샀는데…… 그렇게 미련 없이
싱크대에 쏟아붓는 건 처음 봤어요ㅋㅋㅋ 저 그때
슬펐어요, 괘씸한 아웃렛 매장 같으니라고……."

　나는 그가 좋았다. 이렇게 생각하고 말하는 사람과
함께라면 뭐든지 괜찮을 것 같았다. 내가 늘 걱정하는
탈모에 걸려버리더라도 '한나 님 그래도 대머리는 두상
예쁘면 괜찮대요. 근데 뒤통수 어떻게 생겼어요? 아직
못 봐서……' 같은 식으로 대꾸해줄 것이다.

　여름에 그가 대전에 놀러 왔다. 햇볕에 눈이
찌푸려지는 날이었다. 나는 그를 근처 카페로

데려갔다. 나는 아이스커피를 마시고 그는
바닐라라테를 마셨다. 그런 뒤에 수목원을 향해 갔다.
데이트할 때도 혼자 꽃 피는 계절에 맞춰 갔을 때도
보지 못했던 꽃이 쏟아질 듯이 피어 있었다. 진한
분홍색 꽃과 하얀색 꽃이 뒤섞여 있는 모습을 보았다.
튤립과 꽃나무 앞에서 어정쩡하게 서로의 사진을
찍은 뒤, 통나무 냄새가 나는 유실수원 옆 정자에서
불편하게 누워 다리를 걸치고 있었다. 그가 찍어준
내 사진이 마음에 들었다. 뭔가 옆통수가 쪼르르
달려가서 일러바치는 사람같이 생겼어요, 라고
말하자 그는 오 아니에요 그렇지 않아요, 하다가 더
웃기게 나온 사진을 보여주었다. 그래서 처음에 본
그 사진이 상대적으로 괜찮게 느껴졌다. 그가 사이비
종교 신도에게 잡혀갈 뻔한 이야기, 풀려난 이야기를
해주었다. 풀려난 이야기까지 해주는 것이 좋았다.

　　나는 그가 어린 시절 친구라도 되는 듯이 내가 아는
이곳저곳에 그를 데려갔다. 네가 크레페를 먹는다면
나는 와플을 먹는다는 식으로 같은 자리에서 15년
장사한 와플 가게에서 와플을 사 먹었다. 이렇게
하나를 해도 제대로 하는 사람이 돼야 하는데, 라고

이야기하면서……. 우리는 매일 뭘 먹는지 어떤 운동을 했는지 본가에는 다녀왔는지 또 무슨 사소한 일이 있었는지 하는 것들을 이야기했다. 우리 사이에서는 어떤 특이한 일이 일어나도 괜찮을 것 같았다.

가령 둘만 이용하는 카페 개설하기 같은 것. 거기에 우리는 그날 있었던 일이나 요즘 하는 생각 따위를 사진과 함께 올리기 시작했다. ——^ 같은 이모티콘을 주로 사용했고, 댓글은 하나로 모자라 두세 개씩 달았다. 그와 있으면 만화 속 주인공이 된 기분이 들었다. 그의 만화에는 나를 엄청나게 기분 나쁘게 하는 악인도 등장하지 않았고, 등장하더라도 하나의 캐릭터로 느껴졌다. 그를 통하면 어떤 일도 낄낄거리고 놀 수 있는 하나의 장치가 됐다. 여기까지 쓰고 보니 내가 왜 그에게 다시 연락하지 않는 건지 의문스러워진다.

계절마다 만나자거나 더위가 가시면, 추워지기 전에, 하는 약속은 주로 내 쪽에서 시작되었다가 내 쪽에서 무산되었고, 그런 일이 반복되면서 연락이 차츰 뜸해졌다. 그를 생각하면 봄의 유원지, 산에서 내려올 때의 상쾌함 같은 것이 떠오른다.

87

오랜만에 카페에 들어갔다. 그가 예전에 올린 글을 읽었다. "오늘은 브로콜리랑 콜라비를 챙겨 먹었어요……. 한나 님이 생식 먹는 저를 좋아해주시니 써야겠어요."

그는 친구들과 해외여행을 갔다가 숙소 베란다에 서서 이어폰으로 노래를 들었다. 아무 일도 일어나지 않은 날이었는데 눈물이 났다고 했다. 친구들이 왜 우냐고 할까 봐 빨리 닦았다고도……. 나는 그런 그와 베란다에서 혼자 노래 듣는 척 눈물 흘리는 것에 대한 이야기를 원할 때마다 할 수 있다는 게 다행이라고 느껴져서 어쩐지 친구들과 해외여행을 가볼까 하는 생각이 들었다. '은배 님 저 지금 베란다예요' 하면 '왜요? 노래 듣고 있어요?'라고 답장이 올 것 같다.

✕

엄마의 세계는 둘에 걸쳐져 있었다. 한쪽은 '새댁' 시절부터 인연을 이어온 아파트 친구들, 다른 한쪽은 일하면서 만난 '혼자 벌어먹는 여자들'. 엄마는 전자의 인간성과 다정함을 좋아했지만, 외출복 차림으로

침대에 앉아 심각한 얘기서부터 우스운 농담까지
나누는 이들은 후자였다.

혼자된 여자들에겐 애인이 있었다. 나는 엄마가
여자 혼자 벌어먹고 사는 것이 어떤 일인지 그것이
얼마나 실존적인 불안이면서 동시에 보람인지를
이야기할 때 두려움과 경외감 같은 것을 느꼈다.

엄마는 나를 데리고 이사하던 날 꿈을 꾸었다.
집에 불이 나서 나를 데리고 뛰어내리는 꿈이었다.
엄마는 이사 갈 때마다 그 집에서 딸들과 함께 어떻게
도망쳐야 할지를 궁리했다. 각자도생을 염불처럼
외는 엄마를 이해할 수 있었던 건 그가 정말로는
각자도생하지 못했기 때문이다. 엄마에겐 정말로
도움을 줄 사람이 없다는 것을, 그를 계급적으로
이해했다. 혼자된 여자들은 그들에게 접근한 남자의
애인이 되는 대신 생활비를 받거나 구직에 도움을
받았다. 대가로 일터에서 보호를 해주는 식이었다.
엄마는 합리적이었고, 공감을 잘해주었기 때문에 고민
상담을 하기에 좋은 친구 같아 보였다. "생활비도 안
주는데 그럼 징그럽게 살 붙이고 밥 차려줘야" 하냐는
게 엄마의 얘기였다.

어머니가 가장으로 사는 동안 아빠는 가끔 지구본이나 크레용을 들고 나타났다가 사라졌다.

나는 내 윗세대 여자들이 가졌던 불안, '보호'해줄 사람이 없는 상황에 대한 두려움을 몸으로 느꼈다. 그것이 내 선에서 해결될 수 없는, 내가 어떻게 할 수 없는 것으로 느껴질 때는 절망하고 슬퍼하기도 했지만, 자라면서 내가 거기에 어떤 식으로든 개입할 수 있다는 것을 알게 되었다.

내가 마음 깊은 곳에서 사랑하게 되는 이들은 결국 어딘가 부서진 여자였다. 엄마와 남자에게 버림받고, 친구를 질투하고, 백화점 영수증을 상품권으로 교환하겠다고 한참이나 줄을 서는. 제비한테 걸려서 돈 뜯길 뻔했지만, 그 남자보다 돈이 좋아 돈 달라는 말에 정이 먼저 떨어져버린 왕소금 선생 이야기를 특히 좋아한다. 그들은 아무리 등쳐 먹으려고 해도 등쳐 먹히지 않는다.

전화가 오지 않는 전화기를 수시로 들여다보거나 전화기를 붙잡고 화내는 쪽은 여자들이다. 엄마 친구들은 외롭다. 그렇다고 모두가 서로를 좋아하지는 않는다.

90

거기엔 에로틱한 사정이 깃들어 있을지도 모른다.
엄마는 그 집에 가서 이불에 돌돌 싸여 있는 사람에게
떡만둣국을 시켜줬고, 그 사람은 나도 먹여야 하는 것
아니냐고 물었다. 난 먹고 싶었지만, 엄마는 그가 거의
먹기를 마쳤을 때쯤 내 손을 잡고 그곳을 빠져나왔다.
우리는 집에 돌아오며 이 동네에서 제일 큰 교회에
개그맨이 오는 이야기, 내가 예전에 그 옆 수영장에
다녔던 이야기, 창자와 상자는 단어만 비슷하지
전혀 다른 것이라는 이야기, 그렇지만 어쩌면 뭔갈
담는다는 점에서 비슷할 수도 있겠다는 이야기…….
그런 소소한 얘기들을 하며 걸어서 집에 왔다. 추운
날이었지만 볼에 닿는 바람이 시원하게 느껴졌다.
운전면허시험장과 고물상 사이로 작게 난 길을 따라
내려가면 컨테이너와 집인지 모르게 생긴 집들이
있다는 것, 거기에 엄마의 친구가 산다는 것을 알게 된
날이었다.

　　엄마는 그런 식으로 낙오자들과 친하게 지냈다.
나는 그들이 어느 순간 돌변해 엄마를 해치지 않을까

걱정했지만, 그런 일은 일어나지 않았다. 엄마는
우울증이 심각한 사람, 제비한테 당한 사람, 곧 당할
사람, 키가 너무 작든 너무 크든 얼굴이 너무 붉든
도무지 적당하지 않고 늘 한 가지 이상의 고민에
시달리는 사람들과 어울렸다.

나는 아파트 아줌마들과 많은 시간을 보냈다. 엄마가
일하러 가면 잠깐 그 집에 맡겨지기도 했고, 엄마를
보러 우리 집에 온 아줌마들 사이에서 이야깃거리가
되기도 했다. 나중에 크면 뭐가 되고 싶냐, 의사 되면
아줌마 공짜로 고쳐줄 거냐 하는 말을 하며 까르르대던
날들이었다. 나는 모든 아줌마가 어떤 사람인지를
본능적으로 느꼈다. 가령 어떤 아줌마는 조금 어려운
사람, 어떤 아줌마는 자주 보지 않아도 우리 엄마
같은 사람, 어떤 아줌마는 우리 엄마를 다독여주는
사람. 또 어떤 아줌마는 푸근했고, 어떤 아줌마는
까탈스러웠으며, 어떤 아줌마는 웃어도 무서웠다.
그분들은 엄마를 부를 때 "자기야"라고 부르곤 했는데,

그 톤에 담긴 다그치는 느낌, 다정함, 만류하는 낌새 같은 것을 알 수 있었다. 새로 산 옷을 입고 한 바퀴 돌아보는 엄마에게 한 명은 꼭 말해주곤 했다. "늙어도 자긴 그런 게 어울린다." 엄마는 그 말을 좋아했다.

그들은 식당에서 일하거나 짧은 기간 보험 판매원으로 근무했는가 하면, 아파트 통장을 맡아 혼자 사는 이들에게 종량제봉투나 김치, 쌀을 챙겨주기도 했다. 아들 하나 딸 하나, 딸 둘 아들 둘 그렇게 있는 집들이었다. 엄마는 아줌마들과 수다를 떨다가 자식 얘기가 나오면 자랑스럽게 이야기하곤 했다. 내가 책을 얼마나 좋아하는지, 나한테 책 읽어주느라 허리가 얼마나 아팠는지. 그저 그렇게 이야기하는 게 신나서, 혹은 장단을 맞춰주려고, 아니면 그 동네에 아기는 나밖에 없었기 때문에…… 이야기는 계속되었다.

엄마의 베란다에 있는 물건들은 잘 쓰였고, 식물들은 잘 자랐다. 엄마는 때가 좋으면 방충망까지 걷어서 집 안으로 해를 들였다. 우중충하던 집에 엄마가 오면 활기가 생겼다. 밖에 나갔다 집에 들어오면 거실에 엄마와 아줌마들이 둥그렇게 둘러앉아 과일과 딱딱한 것들을 깎아 오독오독 씹어

먹으며 깔깔거리고 있었다. 아줌마들이 나한테
한마디씩 하면 나는 어딘가 의기양양해져서 가방도
벗지 않고 손을 씻으러 가곤 했다.

나는 그것이 우리 엄마가 만들어낸 삶의 축제라고
생각했다. 그리고 엄마의 그런 능력을 자랑스럽게
여겼다. 여자들을 한데 불러모으고, 마음을 편하게
해주고, 음식을 나누어 먹고. 그 북적임은 나에게 '삶'
자체였다.

하지만 어떻게 그곳으로 돌아갈 수 있을까?

✳

3월의 어느 날이었다. 햇볕에 몸이 풀리는 날이라,
그 김에 개를 산책시키기로 했다. 나는 우리 집 개에게
마음이 너무 약해지기 때문에, 차에 태워 산책 장소로
가는 길에 적잖이 스트레스를 받곤 했다. 그날은 개를
좋아하는 친구가 함께 가기로 되어 있었다. 친구는
우리 집 앞에 차를 대고 내 차에 우리 개와 함께 탔다.
우리 개는 친구 무릎에 앉아서 얼른 내리고 싶다는
뜻을 밝혔다. 우리는 가다 서다 하며 풍경을 보았다.

개가 오줌 누는 시간에 주로 그렇게 했다. 한 시간
남짓한 산책을 끝내고 완전히 지친 우리는 개를 데리고
집으로 돌아갔다. 개를 씻기고, 침대에 셋이 함께
누웠다. 개를 산책시키던 친구와 친구 배를 베고 자는
내 개.

　　엄마는 오렌지도 토마토도 바나나도 있으니
먹으라고 했고, 친구는 오렌지를 먹으며 토마토가
다냐고 물었다. 엄마는 달다고 했지만 토마토는 별로
달지 않았다. 친구가 있으니까 엄마가 안 하던 말도
했다. 친구가 하고 있는 귀걸이를 보곤 예쁘다면서
그런 건 어디서 사냐고 물었다. 친구가 "사이트
보내드릴까요?" 하고 물으니 엄만 "나도 어울릴까,
한쪽에 두 개 할까" 되물었다. 엄마를 편하게 대하는
친구도 신기하고 친구를 편하게 대하는 엄마도 신기해
가운데서 바나나를 먹으며 가만히 있었다. 엄마는
베란다에서 쪽파를 다듬으며 친구에게 물었다.

　　"요즘 젊은 사람들이 듣는 노래 좀 있나?" 친구가
무슨 노래를 틀었다. 엄마는 별로라고 했다. 얘는 내가
대답하지 않는 걸 대답하기도 하고 내가 말하지 않는
방식으로 말하기도 했다.

그날 새롭게 알게 된 것: 엄마는 감미로운 노래를 좋아한다는 것, 적재는 싫어한다는 것.

✦

30대가 되면서 사랑이와 서로의 엄마에 대해 더 깊은 이야기까지 하게 되었다. 전부터 엄마가 겪고 있는 여러 문제에 대해, 그것이 나한테 미치는 영향에 대해 넌지시 말한 적이 있는데, 사랑이는 나와 같은 입장에서 그것들을 걱정하고 함께 분노해주었다. 그는 내가 엄마를 신경 쓰여 하는 것과 가여워하는 것, 그러면서 힘들어하는 것을 이해했다. 나도 사랑이가 모친과 맺고 있는 관계를 좀더 심도 있고 복잡하게 이해하기 시작했다. 그가 본가에 있다 오기만 해도 기운이 쭉 빠져서 나온다는 것, 잘 지내는 척하는 데 많은 에너지가 든다는 것에 대해서도 가까이에서 더 자주 듣게 되었다. 필요하면 내 핑계를 대고 거짓말하라고 했다. 우리는 우리의 엄마들을 그 시대 사람으로, 우리와 같은 직관을 지닌 여자로, 특유의 굴곡을 지닌 인격으로 보았다.

서로의 엄마가 어떤 사람인지에 관해 이야기하는 게 모녀 관계에 어떤 변화도 가져오지 못할 거라 해도 위로가 되었다. 그건 친언니나 다른 가족들과 엄마에 관해 이야기하는 것보다 엄마를 더 잘 이해할 수 있게 했고, 엄마와 적절하게 거리를 둘 수 있게 했다. 심리적 거리를 확보하는 게 가장 중요했는데, 그게 사랑이와의 대화로 가능해졌다.

　　우리는 우리 엄마들을 인터뷰했다. 그분들의 꿈과 좌절, 시도와 바람을 듣고, 그분들이 할 줄 몰랐던 말을 들었다. 인터뷰 글을 읽으며 나는 사랑이의 모친에게서 사랑이를, 사랑이는 우리 엄마에게서 나를 보았을 것이다. 우리는 그분들이 그 시대에 태어나지 않았더라면, 혹은 결혼하지 않았더라면 살 수도 있었을 삶에 관해 이야기했다("아마 미술을 계속하지 않았을까? 우리 엄마는 늦게라도 학교에 갔을 것 같아, 지금도 디자인 얘기를 하거든. 오토바이 타는 여자만 보면 반응하고"). 그 복잡한 마음을 우리는 말없이 나눌 수도 있었고 끝까지 말로 할 수도 있었다.

　　우리는 우리 자신의 이야기로 돌아왔을 때도 그 정도의 열정과 호기심으로 대화를 이어갈 수 있었다.

사랑이는 밴드 활동을 해보고 싶어했고, 나는 조정이나 아이스하키를 배워보고 싶어했다. 그와 미팅을 마치고 근처 스포츠센터에 가서 스케이트를 한 시간 남짓 타고, 나오는 길에 몰래 스쿼시 연습실에 들어가 스쿼시를 치고 나온 날이 기억난다. 오후 다섯 시였고 퇴근하는 차량들이 도로로 밀려나올 무렵이었다. 남들은 긴팔을 입고 있었지만 우리는 반팔 차림으로 어깨에 점퍼를 걸치고 있었고, 그래서 학생처럼 보였을 것이다. 밝지도 어둡지도 않은, 연한 보라색이 내려앉으려는 도시에서 우리는 애매하게 헤어졌다.

✧

나와 사랑, 선아는 여름이면 근현대사전시관을 빙빙 돈다. 그곳을 중심으로 1분 거리에 사는 친구들은 늦은 저녁을 먹고 아홉 시쯤 만나서 거길 걷는다. 대리석으로 마감한 계단이나 긴 복도, 오래된 일본식 건물에 들어와 있는 듯한 느낌을 주는 창문, 들어가면 갑자기 시원해지는 공기. 넓은 주차장에 사방이 빨간 벽돌로 된 건물이 있는 데다 오래된 나무가 늘어서

있는 그곳에서는 특유의 분위기가 난다. 구석구석
통과해볼 만한 작은 길이 있고 화단이 있고 뒷문이
있다.

그 샛길을 통하면 늦게까지 영업하는 카페도,
파라솔을 펴놓고 있는 편의점도 있지만 우리는
계속해서 불 꺼진 건물을 가운데 두고 걷는다. 걷는 걸
그만하고 싶은데 헤어지고 싶지 않을 때는 사랑 선아
중 한 명의 집에 간다. 더 잘 치워놓은 집이 어디인지
물어서…….

✧

친구네 집 거실에 앉거나 서서 안무를 짜거나,
카메라를 연결해서 유튜브 라이브 방송을 하고,
끝나고는 배달이 가능한 호프집에서 맥주와 안주
이것저것을 시켜 먹으면서 내년도의 할 일과 올해의
우스운 일을 번갈아 이야기한다. 친구가 산 VR을 다른
친구 집에 연결해 추락하는 엘리베이터에 탄 느낌을
번갈아 경험해보기도 하고, 말을 걸다가 상황이
꼬이면 냅다 옆사람에게 플레이를 맡겨버리기도 하며,

99

셋이서 한 플레이어로 극장에 들어가 이 자리 저 자리 앉아보고 다른 사람 대화에 끼어들려고도 해보다 아무것도 성취하지 못하고 게임을 꺼버린다. 문득 지금 체제 전복적으로 놀고 있다는 느낌을 받기도 한다. 역전할머니맥주에서 직원에게 무시당할 때조차도.

가끔 사람들을 인터뷰할 일이 생긴다. 약속 시간을 잡고, 그에 대해서 궁금한 것을 정리하고, 그를 만나서 이야기를 듣는다. 괜히 왔다는 생각이 들 때도 있지만, 대개는 생각보다 더 좋다. 닭살이 돋는 때도 많다. 오르락내리락…… 내가 너무 쉽게 감동하는 탓일 수도 있다.

내가 하는 질문이란 가령 이런 것이다. 당신은 언제부터 이렇게 살기 시작했습니까? (머리를 짧게 자르고, 화장을 하지 않고, 유도를 배우고, 그런 변화를 친구, 가족과 함께 겪는) 당신은 삶에서 무엇을 원합니까? 어떤 사람과 친구가 되고 싶나요? 사람들은 자기 삶을 나눌 수 있는 다른 사람을 기다리고, 그런 사람을 만나면 같이 밥 먹기, 산책하기, 배드민턴 치기, 과일청 담그기 등을 하고 싶어한다. 나도 마찬가지다……. 동네 친구가 생기면 하고 싶은 것은 동네에서 술 마시고 걸어서 집에 오는 것이다. 3년째 찾지 못하고 있다. 나는 요즘 걸어서 혼자 술집에 가며, 혼자 술을 마시고, 걸어서 집에 돌아온다.

우리는 근처에 있는 체육관에 가기로 했다. 함께 인터뷰를 진행한 동료도 합세해, 각자의 차에 있는 배드민턴 라켓과 운동화를 모았다. 마침 동료의 집 근처였기 때문에 집에서 부족한 운동화를 챙겨 오기로 했다. 그러나 평일 저녁 갈 곳 없는 사람들은 죄다 다목적 체육관에 모여 있었기 때문에, 다른 사람들이 열심히 배드민턴 치는 모습을 조금 구경하다가 돌아 나왔다. 배드민턴을 쳤다면 좋았겠지만, 사람 수대로 운동화와 라켓을 모으기 위해 차 트렁크를 열고, 동료를 집에 내려주고 했던 시간이 내가 지금 얼마나 행운이 가득한 삶을 살고 있는지 깨닫게 했다. 함께 배드민턴 치고 싶은 사람과 일도 할 수 있다는 것은 확실히 행복한 일이다.

동료들과 초등학교 운동장을 가로질러 철봉에 매달리고 시소를 탔다. 피곤하기도 하고 술을 마시기도 애매해서 돌아가기로 했는데, 남색 하늘이 유독 마음에 들었고 짙푸른 나무가 흔들리는 게 어떤 의미를 지닌

101

것처럼 느껴졌다. 그런 날에는 차들이 클랙슨을 울리고
다니지 않는 것만으로도 만족스러웠다.

✦

　사랑, 선아와 여행을 가기로 했다. 두 시까지
만나기로 했다. 너무 늦은 시간이라고 생각했지만
나도 내심 그쯤이 좋았다. 어쩐지 누구 하나 서두르지
않는 느낌에 모두가 나처럼 이 여행이 취소되길 조금쯤
바란다는 것을 알게 되었다. 셋은 차에 탔고, 가는 길에
마트에 들를지, 밥은 가서 먹을지 이야기하며 달렸다.
인터체인지쯤 갔을 때 누구 하나가 물었다. "……우리
왜 거기까지 가야 되는 거야?" 나도 말했다. "그래, 세
시간은 좀 아니지." 우리는 가지 않을 방법을 찾았다.
사실 가까운 데서 놀아도 재밌잖아? 셋이서 그렇게
한마음일 수가 없었다. 우리는 8년 동안 여행을 떠난
적이 한 번밖에 없다. 그 뒤로도 여러 번 어디 놀러가잔
얘기를 했지만, 허리가 아프고 숙소에서 자기는
불편하다는 이유로 어디 가지 않고 집에서 모이는 날이
더 많다.

나의 욕망과 불만족이 어디서 왔는지 알려주는,
나보다 나이 많고 많이 배운 여자에게는 마력이 있다.
대단한 사람을 보면 내가 그에게 받은 자극을 글로
쓰고 싶다는 열망을 느꼈다. 당시 나에게 그 사람이
그렇게까지 강렬했던 것은, 그때 내가 무언가를 열렬히
찾아다니던 20대였기 때문이다. 그가 나를 초파리처럼
쫓았던 것 역시, 내가 그런 수많은 20대 중 한 명이었기
때문일 것이다.

그러나 내 상태와 별개로 그에게는 개인적인
매력이 있었다. 수업이 있는 월요일이면 그는 날카로운
쟁점들을 칠판에 적으며 설명했고, 종이를 들여다볼
때는 안경을 썼다. 강의실 아닌 곳에서 마주치면
악수를 하곤 했는데, 내 손이 늘 얼음장처럼 차가운
것과 달리 그의 손은 따뜻했다. 그가 나를 어른으로
대해주는 것도 좋았다.

그는 세상을 보는 기준을 처음으로 알려준
사람이었다. 그건 이전의 수많은 선동적인 사람이
쓰던 방식과 달랐다. 그가 알려준 건 내 눈으로 세상을

보는 법이었다. 그는 끊임없이 내 생각을 들으려 했고,
왜 그렇게 생각하는지, 그 생각은 어디서 온 것인지
물었으며, 그 생각이 내 것이 아니라 다른 누군가의
것임을 알게 했다.

그는 이야기를 적당한 데서 끊고는 끊은 자리에서
날카로운 질문을 만들어냈다. 우리가 믿어온 것들이
실은 모두 역사와 맥락과 의도를 지닌 것들임을 알게
했다. 그는 논쟁거리가 풍부한 글들을 골라주고 수업
전에 읽어 오게 하고는, 즉석에서 쟁점을 뽑아냈다.
무리를 지어 토론하게 하고, 학생들이 토론하는 내내
교실을 돌아다니며 그 대화를 들었다. 토론이 끝난
뒤에는 교실에서 나온 얘기들을 하나의 흐름으로
만들었다. 그가 보여준 활기와 지성이 그를 더
신비롭고 믿음직해 보이게 했다. 그런 교육은 한국에서
자라는 내내 한 번도 경험해보지 못한 것이었다.
그의 수업은 그때까지 내가 세상에 대해 가지고 있던
분별없는 의심과 불만을, 역사와 연결하고 시스템
안에서 생각할 수 있도록 했다. 어디로 나아가야
하는지, 어디로 가서 무엇을 찾아야 하는지 드디어
알겠다는 생각이 들었다. 그래봐야 내가 간 곳은

학교 도서관, 극장, 길거리였지만……. 나는 무언가에 열중하는 것으로 그 시간을 돌파했고, 그 수업이 훌륭하다고 생각하는 다른 여자애들과 친해졌다.

나는 똑똑한 여자들이 혼자 있을 때 무얼 하는지 궁금했다. 혼자 그 넓은 집에서 공포 영화를 보는지, 베란다에서 꽃도 키우는지. 나는 온갖 곳에서 만난 그런 여자들을 생각했다. 안경을 가만히 못 둬서 무언가를 읽을 때는 코밑으로 내렸다가 눈썹 위로 올렸다가 하는, 예민해서 배탈이 잘 나는, 요리를 못하고 밥은 대충 서서 먹지만, 외식할 땐 많이 먹고, 눈코 뜰 새 없이 바빠 캠퍼스를 걸어다니면서도 무언가를 읽거나, 침을 튀기며 옆사람에게 설명하는. 젊었을 때 술을 아주 많이 마셨다고 으스대는. 많은 똑똑한 여자가 그러하듯 예상치 못한 순간 카카오톡 답장을 아주아주 길게 보내는…….

✦

그는 결여가 어떻게 지금의 자신을 만들었는지 이야기했다. 인생에서 한 선택들……. 그가 자기

이야기를 들려주고 자기를 진정으로 이해해가는
과정은 나에게도 위로를 주었다. 자신의 삶이, 그
안에서 한 선택들이 왜 그런 것이었는지 돌이켜
생각해본 사람들이 자기에 대해 이야기하는 방식은
그래보지 않은 사람의 사람의 '자기 얘기'와 전혀 다른
것이었다.

✧

매혹된 대상에 대해 이야기하는 것은 위험한 일이다.
그러나 중년 여성의 개인적인 매력을 언어화하는
일에는 혁명적인 가능성이 있다. 그것은 우리를 윗세대
여자들과 이어준다. 지금까지와는 다른 방식으로.

✧

누군가를 탐닉적으로 좋아할 때, 그 사람은 나에 대해
무언가 일러준다. 누군가를 좋아하는 일은 자아와 깊이
연관되어 있다.

✦

나는 K가 너무 아무하고나 친해진다고 생각한다.
경박하고 신의 없는 사람들과 지나치게 빨리
친해진다고. 그러나 그가 무구하고 자유롭게 인간들과
어울리다 뒤통수 맞는 일은 다행히 없었다. 거기서
뭘 느끼고 얻고 옮아 왔는지 혹은 어떤 영향도 받지
않았는지 모르겠지만, 그는 그런 사람들과 어울리는
동안 죽지도 다치지도 않았다. 즐거워 보이기까지
했다. 나는 단체 사진을 보며 이런 생각을 하곤 했다.
대체 어떻게 저런 사람들과 웃고 떠들 수 있지?

✦

H와는 뉴욕의 한 카페에서 만났다. 그때까지 그에 대해
아는 거라곤 그가 예술가에 관심이 많은 예술가라는
것뿐이었다. 역시 싫다고 생각했다. 소란스럽게
주의를 집중시키며 등장한 그는 말이 많았다. 담배를
놓고 왔다느니 잠을 한숨도 못 잤다느니 하며 법석을
떨었다. 우리가 친구가 될 일은 없을 거라고 생각했다.

107

그가 하고 있다는 작업도 궁금하지 않았다.

얼마 안 가 우연한 기회로 그가 쓴 글을 읽게
되었다. 비죽비죽 튀어나오고, 틀어진 데를 더 틀어서
우스꽝스럽게 만든 글이었다. 나는 그의 박력에
반해버리고 말았다. 내 판단에 심각한 오류가 있었음을
인정해야 했다. 왜냐하면 그의 글이 너무 좋았기
때문에…… 하지만 첫 만남은 너무 별로였기 때문에……
어떻게 이것이 가능할 수 있을까?

그래서 지금 내가 그에게 호감을 갖게 됐는지는
모르겠다. 하지만 나는 그가 궁금해졌다. 그는
글이라는 세계를 무척이나 사랑하고 원하는 것 같다.
그가 무언가를 탐닉하는 열기는 어떤 색도 갖고 있지
않을 테지만, 나에게는 뜨겁고 빨간 것처럼 느껴진다.
그의 책은 내 책장 맨 앞에 놓여 있다.

☆

사랑이는 처음부터 선아를 어렵지 않게 대하는 듯했다.
내가 보기에 둘은 아주 다른 세계에서 온 사람들
같은데, 사랑이는 그걸 아는지 모르는지 선아를 편하게

대했다. 선아는 섬세했고, 취향이 확고했으며, 빨간색 점퍼가 잘 어울렸다. 빨간색 점퍼가 잘 어울리고 취향이 확고하며 섬세한 사람을 편하게 대할 수는 없었다.

함께 프로젝트를 하면서 사랑이와 선아는 친해졌다. 심지어 반말도 했다. 둘은 아무 때나 서로를 불러내 밥을 먹고 길에 서서 수다를 떨었다. 나는 한 번도 해보지 않은 일이었다. 어떻게 사랑이는 선아랑 금방 죽마고우처럼 됐지? 그렇게 둘의 관계가 끈끈해지는 것을 지켜보며, '신기하네, 저게 되네' 하고 생각했다.

그 애는 우리 엄마를 좋아했다. 그 애가 우리 엄마를 좋아하는 건 내가 우리 엄마에게 하고 싶었지만 할 수 없는 방식이었기 때문에 이상한 감동을 주었다.

과거 이야기를 계속해서 하는 것, 사람들이 아귀다툼하는 이야기, 그리고 삶에 가진 희망 같은 것을 얘기하는 것, 집에 데려온 친구에게 관심을

보이고 오늘 산 옷에 대한 칭찬을 듣고 싶어하는 것,
그런 것이 그 애에게는 재밌는 일이었던 것 같다.

나만 보고 있다고 느낀, 엄마가 어떤 사람인가
하는 것—그의 슬픔과 꿈, 그라는 사람 자체에 대한
호기심과 관심—을 그는 궁금해했다. 내가 엄마에게
보냈던 관심과 애처로움을 그는 다른 방식으로 느끼는
것 같았다.

그와 집 근처에 있는 술집에 가기로 했다. 엄마는
오늘 집에서 한잔하고 싶어했고, 그는 나더러 셋이
같이 집에서 마시자고, 그게 재미있다고 했다. 나는
빨리 가자고 했고 엄마는 남은 것 버리지 말고 싸
오라고 했다. 그는 엄마의 말이 귀엽다는 듯 웃었고,
그런 그의 모습이 오래 기억에 남았다. 아파트 상가
옆을 지날 때 환풍기에서 나오던 더운 바람과 밤이
되어 더 짙고 커 보였던 식물들과 함께.

그는 엄마의 춤 상대도 되어주었다. 엄마는 한창
춤 수업을 다니며 건강과 사교 두 마리 토끼를 잡고
있었는데, 사람이 집에 놀러오면 오늘 배운 춤을
보여주곤 했다. 그러려면 상대가 필요했는데 그는
장난스럽게 일어나 자기를 잡고 추라고 했다. 엄마는

그의 어깨에 손을 얹고 춤을 췄고, 여기저기 지문이
묻은 베란다 창으로 그 둘과 그 둘을 보는 내가 비쳐
보였다.

☆

어느 날 살구의 이야기를 듣다가 그만 그에게 진심을
말해버리고 말았다. "그 친구랑 노는 건 어쩔 수 없어도
너무 가까이 두진 마." 살구가 말했다. "노인정에
나와 있는 할머니가 노인정 나온 사람을 고를 순
없어, 그리고 가끔 걔가 열무김치도 나눠줘." 엄청난
이야기였다. 맞는 말이었다. 우리는 잘못된 인간이
아니며, 조금 구질스러울 때가 있다 해도 그것이 곧
우리 자신은 아니다.

☆

서로에게 빌려줄 책을 가방에 잔뜩 넣고 그가 사는
아파트 후문에서 만났던 첫날부터 시작해, 유진이와의
시간은 인상적이지 않은 순간이 없다. 그와 동네를

111

걷고 가수원시장 잡곡 아저씨에 대한 기억을 나누고, 새롭게 알게 된 그 동네 비송 아저씨에 대한 이야기를 들으면 내가 살아온 동네에 대한 새로움을 갖게 됐다.

그는 최승자도 읽고 김이듬도 읽었다. 그의 집에는 진이정도 있었다. 그는 나에게 최정례 시인을 알게 했다. 최정례 시인이 작고했을 때 나는 유진이를 떠올렸다. 그가 시인에 대해 쓴 글을 읽었다.

그는 내가 내 모습 그대로 사랑받을 수 있으며 다른 사람들과는 이런 점이 같고 이런 점이 다르다는 것을 알려주었을 뿐 아니라 나와 낮잠도 같이 자주었다. 늦은 오후 애매하게 잠에서 깨어나 저녁에 어딜 가서 무얼 먹을지 타인과 생수 한 병을 나눠 마시며 이야기하는 시간을 갖게 된 것이다. 나는 그와 육체적으로 연결돼 있었다. 언제 터질지 몰라 가스통의 위치를 몇 번이고 확인하는 나와 달리 그런 나를 보고 웃겨 죽겠다는 듯 웃는 그가, 연인을 넘어 어떤…… 이 세계의 NPC 같은 존재로 느껴졌던 것이다. 그는 나도 누군가의 눈에 띄는 인간이며, 누군가에게 해를 끼칠 수도 기쁨을 줄 수도 있는 인간임을 알게 했다.

입에서 나는 술 냄새를 주고받으며 화장실 문도

없어 아슬아슬 천이 흔들리는 변기에 앉아 볼일을 보던 때나 그 술집 주인이 벽면 가득 걸어놓은 뜨개옷을 바라보며 미지근한 카스를 마시는 동안에 나는 세계에 발붙이고 있다는 게 무엇인지 알게 된 듯했고 세상에 속해 있다는 느낌이 들었다.

나에게 그가 유일하게 신뢰하는 타인이었던 것과 달리, 그에게는 이미 친하게 지내는, 마치 자매 같아 보이는 친구가 있었다. 속 깊고 털털한 둘의 만남은 좋아 보였다. 나는 그런 관계를 맺을 수 없을 거라고 생각했다. 난 속이 좁고 아주 집요하니까……. 친구와 내가 물에 빠지면 그는 나를 구하겠지만 친구를 바라보며 '넌 알아서 나올 수 있지? 수영 잘하잖아' 하는 눈짓을 주고받을 것처럼, 둘은 단단해 보였다. 아니면 구하네 마네 하면서 아웅다웅하다가 둘이 더 친해질 것 같은. 나는 그들의 우정이 부러웠지만, 우정 자체보다 그렇게 할 수 있는 우정의 능력이 부러웠다.

남의 코골이 소리를 용납할 수 없어하고, 피곤할 때는 얼굴이 회색이 되며, 판단하는 것을 즐기는 나 같은 사람 곁에는 도저히 타인이 머물 수 없을 것이었다.

내가 그들의 우정을 곁눈질하며 사는 동안 그들은
남쪽으로 여행도 다녀오고 계곡 물에 빠져 놀고
친구 집에서 끼여 잤다. 나는 그들이 재미나게 노는
사진을 인스타그램 스토리에서 볼 때마다 송혜교에게
소리치는 원빈 같은 심정이 되었다. 내 심장은 이렇게
소리치고 있었다. 얼마면 돼……! 하지만 내겐 돈이
없다. 정말 뭘 모르는 사람이나 할 소리인 것이다.

　　지금은 그와 일상적으로 연락하지 않지만, 생각이
나면 그의 블로그에 들어가본다. 그가 어떤 연극을
봤다고 쓰면, 그래서 좋았는지 아닌지와 관계없이 나도
그 연극의 상연 일정을 검색해보곤 했다. 나는 그런
식으로 그 블로그와 통하고 있었다. 그가 아프다는
말을 하거나 냉소적인 투의 일기를 쓰면 그것으로 그의
건강이나 컨디션, 세상에 대해 열린 정도를 짐작하고,
그가 웃으라고 적어놓은 데서는 남들처럼 웃었다. 그
위악과 고약함에 재미를 느껴버리고 말았다.

　　그와 내 관계에 대해서 사람들은 신기해했다. 둘이
서로 연락하지 않는 와중에도 너희는 비슷한 이야기를
한다고.

글쓰기 모임 사람들은 가끔 글을 안 써온다. 그러곤 민망한 표정으로 수줍게 고백한다. 우리는 '왜 못 썼는가'에 대한 이야기를 해보기로 했다.

첫 번째 사람: 주제가 웨딩드레스여서…… 할 말이 없어서 못 썼습니다.

두 번째 사람: 이사를 하느라 못 썼습니다.

세 번째 사람: 30쪽짜리 보고서 마감을 하느라 못 썼습니다. (그는 퀘백에서 접속 중이었고 모임 시간은 현지 시각으로 아침 일곱 시였기 때문에, 일어나자마자 줌에서 글 이야기를 하는 그가 너무나 딱해 보였다.)

네 번째 사람: 이번 원고 주제가 봄에 내가 먹는 음식들이었는데…… 처음에는 쓸 말이 많겠다고 생각했어요. 하지만 음식을 먹는 것과 음식을 먹는 것에 대해 쓰는 건 다르잖아요? 어렵겠다고 생각했습니다.

나는 글을 쓰지 않은 사람들이 쓰려고 했던 글에 대해서, 쓰려고 했던 글을 왜 쓰지 못했는지 어디서 막혔는지에 대해서 이야기하는 것이 좋았다. 없는 것에

115

대해 이야기하는 것이 재미있었다. 거기서 그의 개성이
드러나는 것 같았다.

✧

글이 나오지 않는 건 삶을 대하는 태도가 변하고 있기
때문이다. 이전까지는 세상에 애정이 없기 때문에 할
말도 없는 것이라고 얘기했었는데, 지금은 차라리
정수기 얼음에 가까울지도 모른다고 생각한다. 내
안에서 무언가가 바뀌는 동안에는 뭘 내놓아야 할지
모르는 것이다. 마치 얼음 정수기가 얼음을 만드는
중에는 얼음을 내놓지 못하는 것처럼…….

PART 4

'당신은 나를 사랑합니까'라는 말은 당신도 같은 진리를 보고 있습니까 — 혹은 적어도 당신도 이 진리에 관심이 있습니까 — 라는 의미입니다. 다른 사람들은 대수롭지 않게 여기는 어떤 문제를 실은 굉장히 중요한 문제라고 자신과 더불어 생각하는 사람은 친구가 될 수 있습니다.[★]

★ 이혜정, 「선택의 공동체와 우정」,
『철학연구』제150집, 2019,
237~257쪽.

처음으로 살아 있는 여자에게 느낀 끌림을 표현하기 시작한 건 어떤 가수를 좋아하면서부터였다. 나는 그 가수를 좋아하는 무리에 끼어 말을 했다. 그가 이런 춤을 출 때 좋다느니, 그의 이런 표정이 좋다느니. 내 컴퓨터에는 구별하기 어려운 이미지가 쌓여가고 있었지만 하나도 삭제할 수 없었다. 내 눈에는 전부 미묘하게 다른 얼굴이었기 때문이다.

온라인 카페에서 현서를 만났다. 그도 나와 같은 사람을 좋아하고 있었다. 현서는 나보다 나이가 많았다. 그가 나에 대해서 이렇다 저렇다 말해주는 것을 듣는 것이 재미있었다. 카페 밖에서 조금씩 채팅을 하기 시작하면서 그의 인상평은 나와 내 삶 전반으로 넓어졌다.

학원에서는 그와 문자하며 시간을 보냈다. 나는 새벽까지 그와 채팅하며 누군가를 좋아하는 마음에 대해서, 그러니까 우리의 징한 모습에 대해서 이야기했다. 내가 그동안 혼자 해오던 해괴한 상상을 이야기하면 그는 한술 더 떴다. 나는 몸을 비틀며 좋아했다.

　　유전자가 일치하는 느낌. 나의 어떤 부분도
버릴 필요가 없다는 것을 알았을 때 나는 기뻤다.
그것은 동류만이 줄 수 있는 것이었다. 같은 수치심을
공유하고, 같은 유머를 구사하며, 같은 층위에서
감정과 생각을 주고받을 수 있는 인간들이 존재한다는
걸 알았을 때 나는 환희를 느꼈다. 그런 이들이 네이버
블로그에도 저잣거리에도 있다는 사실을 알았을 때
나는 진심으로 살 수 있는 시간이 왔다고 생각했다.

　　열대 과일 향으로 씻고 학교 갈 거라고 하면 그는
나를 응원해주었다. 더운 나라에서 온 친구들이
좋아해주겠다, 같은 말로……. 그는 여자고등학교의
특수성과 지형, 거기에 내가 내던져졌을 때 생길 수
있는 화학적인 반응과 구체적인 관계를 이미 경험한
사람이었다. 그는 나와 같았다. 그는 내가 무슨 말을
하다가 '꿔다놓은 보릿자루가 된 기분' 같은 표현을
쓰는 것을 좋아했다. 네가 그런 걸 느낄 줄 아는 애라서
좋아, 그리고 그걸 그딴 아무도 안 쓰는 표현으로
말하는 애라 좋아.

121

인정하기 싫었지만 많은 '소년스러운' 여자아이가 그렇듯, 나도 남자아이와 어울렸다. 나는 조용한 남자아이와 친해져 그 집에서 CD 게임을 하다가 헤어지거나, 주말 오후 아파트 주차장이나 공터에서 만나 공놀이를 하다가 각자 다른 사람들과 섞여들면서 인사도 없이 헤어지곤 했다.

언제 내가 남자아이 무리에서 여자아이 무리로 옮겨왔는지 모르겠다. 학창 시절은 그야말로 더 복잡한 것이었다. 나는 어느새 교실에서 여자아이들과 함께 체육복을 갈아입었고, 지난밤의 개그 프로그램에 대한 이야기를 하며 긴장을 누그러뜨리는 법을 익혔다.

아이스크림을 물고 길거리를 다니며 오후를 보낼 때에도, 컴퓨터 앞에 앉아 수박을 먹을 때에도, 새로 부임한 선생님이 인사를 하러 들어오는 순간에도 나는 늘 누군가를 좋아하고 있었다. 하지만 내 안에서 일어나는 역동에 관해서 주변 사람들에게는 한마디도 할 수 없었다.

나는 타인과 사랑을 주고받는 데 미숙했다.

하루는 그맘때 친하게 지내던 아이가 내가 새로 자른 머리를 보겠다며 채팅을 하다 말고 한달음에 우리 집으로 왔는데, 현관문 두드리는 소리가 갑자기 너무 부담스럽게 느껴졌다. 혼자 이상한 노래를 들으며 라면을 부숴 먹고 있었기 때문일 수도 있다……. 나는 실랑이 끝에 결국 문을 열어주었고, 그는 컴퓨터 의자에 앉은 내 뒤에 서서 내 머리카락을 만지더니 나가자고 했다. 그 후로 나 혼자서 호기심, 부담감 등을 느끼고 야단법석을 떨다 결국 그와 멀어졌다.

이런 일은 사춘기 내내 일어났다. 나는 매사에 심각했기 때문에, 친구들과 교탁에서 모니터를 함께 보다가 그들의 허벅지가 내 허벅지 뒤에 너무 붙는 것처럼 느껴지는 것에 소스라치게 놀랐고, 그들이 나를 보고 복도 끝에서 달려오는 모습이 부담스러웠다. 나에게 너무 많은 질문을 하는 것, 너희 언니 이름은 안나야? 그럼 너도 성당 다녀? 넌 머리카락이 엄청 얇다, 라며 다정하게 구는 것이 어색하게 느껴졌다. 나는 그것을 받아들일 수 없었던 나머지 그들을 밀쳐냈다. 그들은 상처받은 표정으로 멀어졌다.

하지만 나도 그들과 잘 지내고 싶었다. 우유 팩을

버리러 가는 길에 조곤조곤 이야기 나누고 싶었고,
쉬는 시간이면 교실 뒤편에 모여 열띠게 이야기하다가
종이 치면 흩어지고, 충족되는 기분으로 헤어지고
싶었다. 그런 욕망을 나로 존재하고 싶다는 말로
설명할 수 있다는 것은 뒤늦게 알았다. 또래 아이들
역시 그들 각자의 고립감과 싸우고 있었다. 예민한
기질을 타고난 아이들은 원치 않는 투쟁을 했고, 서로
오해하고 오해받으면서 상처를 키웠다.

✦

재희는 어딘지 모르게 믿음직한 구석으로 인기를
끌었다. 그가 있을 때와 없을 때 교실 분위기에는
차이가 있었는데, 그가 있으면 어딘가 안정감이 생기는
것 같았다. 노는 애라는 소문이 있긴 했지만 애들을
괴롭히지는 않았다. 그는 반장을 도와 애들을 조용히
시키기도 하고, 농담을 해서 분위기를 풀기도 했다.
그는 영리한 아이 같았다. 공놀이도 잘했다. 다들 그를
좋아했다. 그의 인기가 뿌듯했다. 그것이 허용되는
유일한 장소인 여학교에서, 나는 그 힘을 감각했다.

I remember the first day of high school in March 2008 like yesterday. I knew almost nobody because I had recently moved to a new neighborhood in Daejeon. I scanned the classroom, feeling nervous and excited at the same time. There were only girls in the room because of the gender seperation of the school. Then someone caught my eyes. She was the only girl in the classroom who had short hair. (2008년 3월 고등학교에서의 첫날이 어제처럼 기억난다. 대전의 낯선 동네로 최근에 이사했던 나는 아는 사람이 거의 없었다. 교실을 둘러보았고, 초조했던 동시에 신이 나기도 했다. 학교에서 아이들을 성별로 나눠놓아서, 교실엔 여자애들뿐이었다. 그때 한 아이가 내 시선을 끌었다. 반에서 유일하게 짧은 머리를 하고 있던 여자애였다.)*

이것은 동경의 감정, 이제까지 알던 세계가 무너지는 느낌, 그리고 곧장 새로운 세계가 열리는

듯한 신비로움으로 연결된다. 내가 누구인지 알고
싶다는 맹렬한 욕망에 사로잡힌다. 매력적인 부치의
존재가 누군가에게 자유로움에 대한 갈망과 그것이
주는 에로틱함을 더듬도록 한 것이다. 그의 '동물성'이
다른 여자아이에게 자극을 주었을 수도 있다. 자기가
누구인지 알고 싶게 만드는 사람은 누군가의 존재를
흔들 만큼 매력적일 수 있다.

*The short-haired girl was wearing a girls'
uniform, a skirt, like all the other girls.
But her haircut made her stand out. Nabi not
only looked different from everybody else
in the room, but also carried a different
ambience. I instantly felt a strong
curiosity towards her. I wanted to know
more about this unusual girl.* (그 짧은 머리
여자애는 다른 애들처럼 교복 차림에 치마를 입고
있었다. 하지만 짧은 머리가 그 애를 돋보이게 했다.
나비는 교실에 있던 다른 애들과 다르게 보였을 뿐
아니라, 교실에 다른 분위기를 감돌게 했다. 그길로

그 애를 향한 강렬한 궁금증이 일었다. 이 비범한
여자애에 대해 더 알고 싶어졌다.) ★★

재는 누구지? 쟤를 보고 있는 나는 누구지?
감정인지 생각인지 모를 그것은 누군가를 완전히
바꾸어놓는다. 그 아이는 자기한테서 툭 불거져 나온
것을 숨기지 못하고, 숨길 생각도 없다. 그것이 다른
여자애들의 시선을 끈다. 어떤 선택받은 여자들은
그의 본능과 단순한 존재감에 강하게 이끌린 후, 그와
한참 시간을 보내게 된다. 그런 뒤에 어쩐지 그와 조금
닮아간다. 해모수가 된다는 말이다…….

★ Hyun Jung, Kim, "Butch'a
    Hands Up: Creating the
    Korean Butch Women's
    Herstory", 미발표 글.

★★ 앞의 글.

저는요, 웃는 게 정말 좋아요.

나는 시니컬하고 유머 감각이 있는 여자 선생을
좋아했다. 자기 얘길 잘 안 하지만, 본인이 내킬 때면
묻지 않은 이야기를 하는 윤리 선생. 그가 편안해하고
그를 편안해하는 학생들은 고등학교를 졸업하고도
그에게 연락했다. 그와 연락해서 밥도 먹고, 사진도
찍었다. 싸이월드 일촌이 됐는지는 모르겠다. 그때
세상에서 제일 부러웠던 사람은 윤리 시간 전에
선생님과 어깨동무를 하는 내 친구였다. 수능이
다가오던 어느 날 윤리 선생은 복도에서 만난 내게
말했다.

　　"여대에 가라, 넌…… 재밌게 다닐 수 있을 거야."
하지만 학교는 재밌게 다닐 듯한 순서대로 학생을
뽑아주지 않았고, 나는 여대에 가지 못했다.

　　그는 학교를 떠나기 전 몇몇 학생에게 쪽지를

남겼다. 거기에는 '여대에 가라'와 마찬가지로
그가 학생들에게 받은 인상이 적혀 있었다. 나는
생각날 때면 그 쪽지를 꺼내보며 좋아하다가, 어느
날 잃어버렸다. 나는 그것이 나 자신이라도 된다는
듯이 찾아다녔다. 내용이 떠오르기는 했지만 실체가
필요했다. 이제는 그것이 왜 그렇게까지 특별하게
느껴졌는지 생각할 수 있을 것 같다. 그는 웃기고 좋은
사람이라서. 그게 그에게서 받은 유일한 물건이라서.
내가 보이고 싶은 대로 나를 봐주어서. 그것은 때로
진실과 무관하다.

✦

대학에 입학하면서 아쉬웠던 것은 고등학교 때
보아온 여아들의 짐승 같은 모습과 열기가 원피스와
H 라인 치마 안에 갇혀 기를 펴지 못한다는 것이었다.

★ 프랑수아즈 사강, 『리틀 블랙
드레스』, 김보경 옮김, 열화당,
2018, 61쪽.

129

그들은 어딘가 대책 있는 애들이 돼 있었다. 말하자면 숲(soup) 모델 같아진 것이다. 또한 그들은 나와의 관계에서 적절한 선을 지켰다. 그런 식으로 나와 여자들의 관계는 끊임없이 외부의 개입에 노출되어 있었다.

✦

학생 식당에서 네 명이 밥을 먹었다. K가 다훈더러 밥이 모자라지 않느냐고 물었다. 그러더니 다른 여자애한테 밥을 덜어주라고 했다. 갑자기 그 상황을 참을 수 없었다. K가 하필이면 걔한테 밥이 부족하지 않냐고 물어본 것이 짜증 났다. 아마 이 상황과 연결된 거대한 생각이 딸려 나왔기 때문일 것이다. 그 애가 밥을 모자라게 먹건 넘치게 먹건 걔 입으로 들어가는 밥을 누군가 신경 쓰고 있었다는 사실, 여자들이 자기 몸 안에 흐르는 열기를 발견하기보다 생기를 제한받은 적 없던 남자들의 생활을 생각하는 것에 익숙한 것처럼 보인다는 사실이 나를 화나게 했다. 혈기와 젊음은 왜 우리 것이 아닌가 하는 분노였지만……

130

사실 그렇게까지 생각할 일은 아니었을지도 모른다. 그래도 계속해서 그것이 짜증 났고, 밥에 집착해버리고 싶었다. 삼식이가 되고 싶었다. 하지만 제 손으로 밥을 차려 먹는 여자애는 삼식이가 못 된다. 아무도 나를 삼식이로 봐주지 않는다. 삼식이가 될 수 없어서 기쁘다. 그러나…… 나는 고작 밥 문제처럼 보이는 이걸로 K의 양어깨를 잡고 흔들면서, 네 입에 들어가는 밥이나 신경 써…… 하고 애원하고 싶은 심정이다. 그랬다간 다들 나를 미쳤다고 할 것이다. 고작 밥이라고, 더 안 주면 될 것 아니냐고. 아니, 그게 아니라고…….

　네가 좋아하는 남자 아이돌 나도 좋아한다고 말하는 대화 말고, 그냥 바로 너와 나에 대한 이야기로 들어갈 수는 없는 것일까? 나에게는 문제가 없고 너도 문제가 없음을, 우리는 모두 잘 만들어진 여자임을 확인하는 방식이 아니라, 네가 어떤 인간이고 나는 어떤 인간이 되려는지를 살 떨리게 알아가는 방식으로는 관계 맺을 수 없는 것일까?

중요한 건 여자들의 관계가 폄하되었을 뿐 아니라,
생겨나는 시점부터 제한되어 있음을 아는 것이다.
우리는 서로를 더 쉽게 미워하도록, 서로를 진심으로
귀여워하거나 애틋해하거나 신비로워하지 못하도록,
자신으로부터 남의 결함을 보고 끔찍하게 여기도록
만들어진 사회에서 태어났고, 그 환경을 받아들이기도
거부하기도 하면서 지금의 모습이 되었다.

우리는 사회 부적응자이며, 사회가 어떻게 불리하게
굴러가는지 안다. 역시 부적응자이기 때문이다.
사랑과 나는 둘 다 무언가를, 사람, 시간, 공간, 약속……
그러니까 인생을 참지 못한다. 거기에는 서로도
포함된다. 하지만 어떤 이유에서인가 우리는 어금니를
깨물고 눈물로 화를 흘려보내며 많은 순간 서로를
참았다. 우리는 그렇게 인생의 파트너가 되었다. 가끔
두세 번째로 밀려날지언정 완전히 몰아낼 수 없는

지독한 관계가 된 것이다. 동업이 끝나더라도 아마
계속해서 그럴 것이다.

내 연인은 그런 사랑이와 나를 보며 부부 같다고
말한다. 나는 생각한다, 내가 아내일까 남편일까…….
어쨌거나 내가 계산적이고 얄은 태도로 임해온 관계들
끝에 한 걸음을 더 떼기로 했을 때마다, 거기에는
그가 있었다. 절벽 아래서 받아줄 테니 걱정 말고
뛰어내리라고 말하는 사람처럼. 그는 진심으로 거기
있는 누구보다도 나를 받아내고 싶어하는 것 같았다.
누구보다도 몸집은 작은 듯했지만…….

✦

사랑이가 여자애와 동거를 시작했을 때, 그는 나에게
자신의 깨달음을 한 가지 전해주었다. 같이 살면 더 잘
챙겨 먹고 더 건강하게 먹게 된다고. 그다지 와닿진
않았다. 먹는 건 각자 하는 일일 텐데 한집에 사는 게
어떻게 둘을 더 건강하게 만들어줄 수 있다는 건지
모르겠다고 생각했다.

사랑과 나는 이런 부분이 잘 맞는다. (기름면, 완탕,

고추기름만두, 오이무침 등을 파는) 엄청난 식당을
찾았는데 가서 먹을지 포장해 올지 고민이라고 하자,
그는 포장해서 오면 계속 먹을 수 있다고 이야기했고,
나는 그 말에 완전히 동의했다. 어떤 걸 틀어놓고
먹을지가 중요하겠다고 생각하는 것도 같다. 나는
볶음밥을 시킬지 말지 고민하면서 볶음밥은 다른 데도
많으니까, 하고 말했다.

　　식은 된장찌개를 밥이 될 때까지 밥 없이 떠 먹고
있는 것도, 그가 성공적으로 끓였다는 김치찌개를
데워서 한입 먹어보는 것도 그다지 내키지 않는
일이었지만, 그가 신이 나서 있었기 때문에 먹을
수밖에 없었다. 먹이고 반응을 보는 일, 조합해서
먹는 것의 기쁨. 그는 우리 중에서도 볶음밥을 가장
밥알이 살아 있게 만드는 사람이었다. 그는 볶음밥 간
맞추는 것에 자존심을 걸었으므로 모두가 그 테이블에
몰려들었고 밥그릇을 받아서 한 숟가락씩 떠주고
모자란 사람이 없는지 돌아봤다. 그건 개의 기쁨이기도
했다. 나는 더 맛있게 먹고 많이 먹고 요구하는
걸로 그를 부추겼고, 그건 우리가 마음을 확인하는
방식이기도 했다.

나는 무엇으로 그렇게 했을까? 다 같이 여행하고 돌아오는 저녁에 차 안의 조도와 소음을 낮추고 급정거하지 않도록 신경 쓰는 것, 주차를 마칠 때까지 깨우지 않는 것 정도였을 것이다. 그런 때에 내가 평화로움을 지킨다는 느낌이 좋았다. 내가 운전하는 차 뒷좌석에서 친구들이 곯아떨어졌다가 잠깐 깨어 창밖을 확인하고 다시 잠에 빠져드는 것이 좋았고, 그럴 때의 혼곤한 공기가 좋았다.

✕

사랑이는 물 공포증이 있으면서도 벌써 멋진 수영복을 갖춘 선아에게 수영을 가르칠 준비가 돼 있었다. 그는 물에 뛰어들어 첨벙거리는 대신, 참을성 있게 선아를 달래고 그가 팔을 한 번 젓는 것을 봐주고 지금 움직임에서 뭐가 잘못됐는지를 얘기해주었다. 내가 관심 가는 순간에만 한마디씩 거드는 것과는 달랐다. 사랑이가 하는 건 흡사 양육이었다.

어느 순간부턴가 그게 좋아 보였다. 왜냐하면 그런 (조금 귀찮게 느껴지는) 양육의 시간을 지나온 둘이

135

서 있는 땅이 더 튼튼하고, 그래서 마음껏 무심해질 수 있기 때문이다. 양육을 주고받은 사이는 서로 더 많은 것을 보여줄 수 있다.

사랑이는 선아에게 물놀이를 가르치듯, 진라면에 고추와 계란을 넣고 끈기 있게 면발을 휘젓듯이 인내심 있게 내 곁에 머물렀다. 그는 자기의 욕심이나 호기심을 앞세우지 않았다. 그래서 나는 비열함과 나약함을 거두고 조금씩 그에게 다가갈 수 있었다.

조금 다른 부분에서이긴 하지만 우리는 서로를 연민하기도 했다. 그런 마음은 우리 관계가 최악으로 치닫지 않도록 했다. 사랑이가 남이 찍어준 자기 사진을 보내면 귀엽다는 말이 나왔고 정말로 그가 귀여워 보였다. 사랑이도 나를 그렇게 봐주었다.

여행 중에 하도 사랑이와 메시지 해대는 통에 일행한테 "넌 친구랑 무슨 그렇게 할 얘기가 많아?"라는 말을 듣기도 했다.

난 걔가 뭐 하는지 너무 궁금해. 걔도 내가 뭐 하는지 궁금하대.

난 얘가 어디서 뭐 먹고 어쩌고 있는지 너무너무 궁금해.

어릴 때 엄마와 엄마 친구들은 부엌에서 다정하고
살뜰한 시간을 보냈다. 그건 부자유 속의 자유처럼
보였다. 거실에 식탁이 있고 테이블과 소파가 있는데도
그쪽에서 소박하게 둘러앉아 속닥거리고 웃고
냉장고에서 뭘 꺼내서 나누고 했던 풍경. 내 연인은
말했다. 그런 걸 '아파트 여친'이라고 부른다고. 그들이
자유롭게 처분할 수 있는 것은 집 안의 물건들, 식품들,
화초들이었을 것이고, 사적 공간은 저녁을 준비하기
전까지만 제한적으로 주어졌을 것이다. 그런데 어떤
여자들은 배운 것 하나 없이도 굴욕적인 상황을
본능적으로 거부하는 것 같다.

　자기 자신으로 존재할 때 충분한 인정과 사랑,
관심을 받을 수 없다고 여겨지는 상황에서 자유로운
자기발견의 가능성은 극도로 줄어든다. 한국에서
여자들은 곧잘 그런 상황에 처하고, 여기서 많은
괴로움과 모순이 생겨난다.

　여자들은 전망 없음의 세계에 산다. 그것을 안다면
어떤 여자의 야박한 눈빛이라도 이해 못할 것 없다.

가령 선술집 옆 테이블 여자가 파타고니아 민소매를
입은 남자한테 가서 나를 가리키며 "레즈비언인가
봐!" 하고 말해서 나를 슬프게 하더라도…… 나는
어떤 여자들과 전망 없음을 공유하고 있기 때문에
우정의 상대로서 여자들, 나와 생각이 다른 여자들과
공존할 수 있게 된다. 계산 줄에 앞뒤로 서서 같은 곳을
바라보면서. 어떤 청원은 같이하면서.

누리는 방식을 사람들에게 가르친다는 것,
말하자면 이는 내부 연소 기관 묘사와 운전 교습의
차이 같은 것이지요.

고등학생 때 만났더라면 우리는 스쳐 지나가거나
인사 정도만 하는 사이가 되었을 것이다. 수련회
장소 정하기, 운동회 룰 정하기에서 그가 지나치게
오래 생각하는 탓에 모든 일이 제 속도를 잃고

재미없어진다고 생각했을지도 모른다. 하지만 교실 뒷문에서 선생님의 동태를 살필 때, 운동회에건 수다에건 내가 원하는 방식으로 끼지 못하고 등나무 벤치에 불편하게 누워 시간을 보낼 때, 당시로선 알 수 없었던 이유로 나는 그를 신경 썼을 것이다. 신경을 쓰다 못해 반이 바뀌고 학교를 나온 지금까지도 마치 그와 내가 무슨 관계라도 되었던 듯이 특별하게 여기는지도 모른다.

그런 사람들이 있다. 나는 그들과 자주 만나지 않지만 그들의 글이나 생활에 대한 이야기에 영향받는다. 인스타그램에 그들이 쓴 글, 외부에 발행하고 캡처해서 올리는 글들과 거기 달린 피드백, 그들의 애정사까지도 어떤 흐름을 만들어낸다고 느낀다. 나는 그들을 보면서 조금 더 내밀해져도 된다는 느낌을 받는다. 타인과 세상에 제대로 접속하는

★ 가야트리 차크라보르티 스피박, 『읽기』, 안준범 옮김, 리시올, 2022, 92쪽.

139

것만이 안심한 채로 고독할 수 있게 한다는 것을
그들은 일찍이 알았던 것 같다. 그들을 보며 내가
나에게 근거해도 된다는 확신을 가진다.

아마도 이것은 세상에 대한 믿음의 한 종류일
것이다. 기민함, 즉흥성, 직관, 빠른 판단에서 벗어나
반대쪽에도 그만한 역사와 사정이 있음을 더 알기.
그리고 우리가 반대쪽에 선다고 하더라도 그가 다른
데서 그러듯 이쪽의 이야기를 들을 거라고 믿기.
그것만 해도 많은 불안이 가신다. 생각하고 말하는
방식이 달라도 결국에는 같은 문제 앞에 서 있게 되는
사람들은 정신의 친구가 된다.

✕

아무도 시키지 않았는데 「신방과 여자를 사랑하지
마세요……」라는 글을 쓰고 싶다는 데까지 생각이
미쳤다. 그건 말하자면 「A형 여자를 사랑하지 마세요,
당신의 사소한 말 한마디에도 뒤돌아 눈물 흘리는 바보
같은 여자니까요」 같은 글이다. 나는 신방과를 비롯해
사회학과와 정치외교학과의 여자들을 좋아했다.

140

왜 이렇게 사회대 여자를 좋아하는가.
그들이 토론을 잘하기 때문에? 아니다. 난 한
번도 「백분토론」을 보며 가슴 뛴 적이 없다. 내가
우물쭈물하다 결국 한마디도 못 하고 집에 돌아와
분해하는 것과 달리, 그들은 눈앞에서 벌어지는 일들에
아닌 건 아니라고 잘 말하는 것 같았다. 그러니까
나는…… 굵은 모발과도 같은 그 성질머리를 좋아했던
것이다.

　　2016년쯤이었던 것 같다. 강남역 여성혐오 살인
사건 이후 수업 시간에 짧은 토론이 이어졌고, 같은 과
학생들끼리 쓰는 페이스북에서도 설전이 벌어졌다.
남학생 한 명이 글을 썼다. '여성혐오적인 사회를
비난하고 싶다면 사회를 비난해야지, 사회 안에 있는
개인을 비난해서는 안 된다' 같은 말이었다. 그 말은
비겁하게 들렸지만, 달리 할 수 있는 말이 없는 것처럼
느껴졌다. 왜냐하면 여태까지 내가 익숙하게 들어온
말이었기 때문이다.

　　나는 내가 배우고 습득해온 언어가 나의 입장을
설명하는 데 전혀 도움이 되지 않는 데다 때로는
불리하다는 것을 느끼고 있었다. 하지만 내가

141

혼란스러워했던 것과 별개로, 지금 어떤 이야기를
해야 한다고 느낀 같은 과 여자애들은 남자 복학생과
동기들의 성희롱과 여성혐오 발언을 지적하는
대자보를 써 붙였다. 사회대 건물 1층 게시판에
대자보가 붙었고, 맨 밑에는 '신방과 00학번
여학우'라는 표기와 함께 뜻을 같이하는 여학생들의
이름이 길게 이어졌다. 그 일에 주도적으로 나선
동기는 친구도 많고 말도 잘해서 눈에 띄던 애였다.
그들은 대자보를 쓰기 위해 공동 작업을 할 수 있는
구글독스에 모여 문장을 썼고, 학교 후문에 있는
문구점에서 전지와 매직을 샀다. 그리고 그중 가장
글씨를 잘 쓰는 애가 펜을 잡았다.

　　나는 그 학교에 늦게 입학했기 때문에 이들이
겪었던 일을 잘 알지 못했다. 성희롱 외에도 남자들이
주도하는 분위기가 있었다. 그러나 이런 것들은
은근하게 유지되기 때문에 지적하기 어려웠다.
대자보가 붙은 뒤 학과 안에는 긴장감이 생겼다. 말을
얹지 않더라도 모두가 의식하고 있었다. 편의점에서
같은 과 남자애를 마주쳤다. 우리는 인사하는 사이가
아니었는데, 그가 나를 보고 씩 웃었다. 그때 그 표정이 오래 기억에 남았다. 당시에는 이유를 알지 못했는데, 그것은 머지않아 세상이 자기편을 들어줄 것임을 아는 표정이었다.

얼마 뒤 경영학과 여학생들도 대자보를 붙였다. 경영학과 내 여성혐오를 주제로. 그래서 거기 적힌 일들이 다시는 반복되지 않게 되었는지, 교양 수업에서 성평등을 다루었는지 하는 것은 하나도 기억나지 않는다. 그런 것보다 예상되는 온갖 비난(그래도 친한 사이였는데 너무하다, 꼭 그래야겠냐, 취업이나 신경써라……)에도 불구하고 말해야 할 것은 말해야겠다고 생각한 이들의 거침없음과 신중함, 달뜬 분위기 같은 것이 생각난다. 그때까지 별로 깊은 이야기를 나눠보지 못한 사이였지만 나는 그들이 믿음직스러웠고 든든했다. 대자보 총대 친구는 페이스북에 학과 남학생들이 게시한 궤변들에도 반박했다. 그건 똑같이 흰 바탕에 검은 글자여도 더 선명하고 크게 보였다.

이상한 것이 있으면 이상하다고, 기분 나쁜 것이 있으면 기분 나쁘다고 믿고 말할 수 있는 사람이 있을 때, 그리고 그가 같은 층위에서 그 말을 이해한다는 것을 알 때 사람은 살 수 있는 것 같다. 나는 잘 알지도 못하는 그 여자애들이 멋있다고 생각했다.

✕

이것은 내가 누군가의 미덕에 감화되어 그와 가까워진
이야기다. 미나를 처음 만난 건 회의 자리에서였다.
그는 작가이자 연구자였고, 나는 시간이 많았다. 나는
그를 보고 오······ 유명한 사람이다, 하고 생각했다.
고백하건대 나는 그의 이름이 '나' 자로 끝나기 때문에
조금 까다로울 것이라고 생각했다. 하지만 겁을 낸
것이 무색할 정도로 그는 잘 웃었다. 회의는 법원에서
이루어졌다. 내가 어째서 이곳에 오게 된 것인지
　　알 수 없었다. 그도 잘 알 수 없어하는 것 같았다.
우리는 회의가 시작되기 전 화장실에서 사진도 찍었다.
하지만 둘 다 잘 나오지 않았고 나는 아직도 그 사진을
그에게 보내주지 않고 있다······.
　　우리를 초대한 사람은 점심 식사 자리에서
젊은이들의 이야기를 듣고 싶어했다. 그건 진정한
관심은 아니었다. 내게 질문이 오지 않기를 바라며
열심히 반찬을 먹었다. 그러나 그는 모두에게

공평하게 질문하고 싶어했고, 그런 그의 입에서
나온 건 절대로 대답하고 싶지 않은, 성 갈등에 관한
질문이었다(갈등이라니). 나는…… 체할 것 같다고
말했다.

　반면 미나는 마치 그 이야기를 듣는 사람이 진실한
동료라도 되는 듯이 조근조근 설명했다. 왜 이런 책을
썼는지도 힘주어 이야기했다. 나는 순간 내 책에
'사랑'이라는 말이 들어가는 것이 약간 부끄러웠다.
이런 삼엄한 곳에서 사랑이라니…… 빨리 먹고 나가자.
그리고 나는 내심 그와 내가 다른 사람이며, 내가 죽을
때까지 할 수 없는 일을 이 사람은 척척 해낼 수 있을
것 같다는 생각에 빠져들었다. 그리고 한 가지 결론에
도달했다. 사인을 받자!

　나는 인생의 많은 부분에서 내가 깊이 없는
인간일지도 모른다는 의혹을 가져왔다. 내가 깊이를
심오함으로 이해하자, 지인은 "깊이는 태도와 관련된
것"이라고 말해주었다. 아마도 자기 안으로 깊게
들어가는 능력…… 그는 깊이 없음에 시달리고 있던
나에게 나타난 깊이의 화신 같았다. 회의를 마치고
슬그머니 빠져나온 내가 출구를 찾느라 어정쩡하게

145

있는 동안 그는 사람들과 인사도 하고 대화도
나누었다.

나는 서울 끄트머리에서 그를 내려주었다. 가는
길에 이런저런 얘기를 했다. 운전 언제부터 하셨어요?
같은 질문 말고 더 사적인 질문을 해줬으면 좋겠다고
생각했다. 그때 내가 차 안에서 원한 것: 그의 관심을
끌고, 그의 특별한 말상대가 되기…… 그처럼 어떤
세상에 대한 신뢰나 애정을 가지고 자기 입장을 차분히
설명하는 사람은 될 수 없지만…… 그런 사람에게
말상대가 될 수 있다면 기쁠 것이었다……. 이 회의에
임하는 마음이나 앞으로 우리가 어떻게 될지, 대학원
다니는 이야기와 글은 어떤 태도로 쓰고 있는지……
그런 이야기를 하다 보니 그를 내려줄 시간이 왔다.
그와의 시간은 편안했다.

더 이상 법원에 가지 않아도 되었을 때쯤, 연휴에
그와 만날 약속을 정했다. 그를 데리고 내가 자주 가는
카페에 갔다. 그는 오래 입은 것처럼 보이는 스웨터를
입고 머리를 학생처럼 묶고, 올리브색 외투를 입고
나타났다. 귀여워 보였다. 나는 그를 학원에 내려주는
학부모 같은 마음이 되어 뒤따라오는 그를 자꾸만

확인하게 되었다.

　"여기서 만나니까 이상하네요."

　"엄청 좋은데요. 동네 친구 만난 것 같고."

　그와 작업과 직업에 관한 이야기를 할 때면 중심에 빠르게 도달했다. 그는 오드리 로드가 중년 여자를 좋아했던 이야기를 해주었다. 앎에 대한 의지로 나이 많은 사람을 좋아하게 되는 것이 아니냐고 이야기했다. 나는 지금까지 내가 좋아했던 중년 여자들에 대해서, 성공한 여자와 선배들을 좋아하는 나의 여자 친구들에 대해서 생각했다. 조금 부끄러운 마음이 들었지만 오드리 로드도 그랬다니까 뭐⋯⋯.

　우리는 빵집에 갔다. 그는 볼이 발그레했고, 나는 화장실이 급했다. 우리는 계산 줄에 서서 이야기했다. "이게 글로 쓸 만한지 어떤 기준으로 판단하세요?" 나는 답이 곧장 떠올랐다. "이게 나한테 재미있는지 생각해요." 그런데 뭔가 부족한 대답처럼 느껴졌다. "이게 더 큰 진실에 맞닿아 있는지⋯⋯." 이건 좀 급하게 지어낸 대답이었다. 어쨌거나 헤어지고 나서 그가 나에게 질문을 많이 했다는 생각이 들었다. 그와 대화하며 어딘가 정화되는 것 같았다. 대화 바깥으로

147

빠져나가서 판단하거나 자기를 살피거나 하는 게 아니라 대화 안에서 아이처럼 노는 거다. 그는 앞에 있는 사람이나 대상과 투명하게 연결되는 것 같았다.

그는 글쓰기 모임을 운영하고 있었다. 글쓰기 모임에는 엄청나게 퍼포먼스적인 측면이 있는 것 같다고 했다. "그 순간에만 느껴지고 사라지는 게 있잖아요." 나는 그걸 써달라고 했다.

그는 그날 카페에 앉아 하와이 이민자의 삶에서부터 그가 집에서 텔레비전 다큐멘터리를 보는 이야기까지 해주었다. 나는 시간 가는 줄 모르고 들었다. 지금 여기서 우리가 이러고 있다는 사실이 신기하고 웃겼다. 나는 그의 말이 하도 이해되는 나머지 그가 원하는 것들을 마치 나도 원하는 것처럼 느끼게 되었다.

그와 헤어지고 나서 이것저것 쓰고 싶어졌다. 연상의 여자들에게 환상을 가진 이야기, 여자들이 남기고 간 흔적에 대한 이야기…… 그러나 그와 얘기할 때는 쓸 만하고 이면이 있는 것처럼 느껴졌던 것들이 막상 쓰려고 보니 졸아든 국물처럼 느껴졌다. 그와의 대화에는 엄청나게 퍼포먼스적인 측면이 있었다.

나는 블로그에 남을 헐뜯는 글을 쓰고 1분도 지나지 않아 그것을 비공개로 전환한다. 글을 발행하고 나면 그것이 정확하게 말해졌기 때문에, 그리고 한 명 이상의 사람이 볼 것이기 때문에 민망함과 수치심이 든다. 욕의 에너지가 도로 나에게 올지도 모른다는 걱정도 들고.

『자살에 대하여』라는 책을 지인의 책장에서 발견해 읽고, 블로그에 화를 냈다가 2초 만에 삭제한 것도 마찬가지 일이었다. 나는 그 책에 좋은 점이 있다고 생각하면서도 동시에 낭떠러지 앞에 선 것 같은, 헐뜯지 않으면 안 될 것 같은 느낌에 시달리고 있었다. 이런 구절이 내 화를 돋우었다. "삶을 극복해보려는" "어느 우울한 철학자의"……. 블로그를 켜서 비공개 글을 작성하고 돌아왔을 때, 해제에 이미 그것에 대한 비판이 존재했음을 알 수 있었다.

작가 하미나는 해제에서 저자의 위치성을 짚는다. "자살이라는 문제를 탐구하기 위해 영국 고향 인근의 바닷가 호텔 방에서 홀로 사유를 전개"해나가며

149

"내면에 침잠"했던 것. 그리고 자신에게 "가장 익숙한 방식인 서구 철학의 방법론으로 자살을 탐구했"던 것에 대해서는 "자신의 사유를 통해 도출된 명제들이 전 우주에 보편화될 수 있다는 야심이 전제되어 있다고 생각한다"고, "이것은 세계에서 언제나 인간의 표준이 자신이었던 사람들만이 가질 수 있는 확신"이라고 쓴다.

나는 안심하고 본문으로 돌아갔다. 블로그 글은 지웠다.

☆

그는 언제나 책 읽는 건 좋아했던 것 같다고 했다. 어린 시절이나 지금이나 마찬가지인데, 가족들은 다른 거 하고 자기는 방에 들어가서 책을 읽는다고 했다. 가족들이 부르면 나가서 이야기하지만, 한쪽으로는 다른 생각을 한다고 했다. 여기에 있지만 여기에 있는 게 아니었다고. 그가 말했다. "책 읽는 게 좀 그런 거 같아요, 우리의 도피처⋯⋯" 내가 말했다. "언제나 두 개 이상의 자아⋯⋯"

✕

읽는 사람들은 있을 데가 필요한 것일까? 책에서
대단히 좋은 것을 발견하기도 하지만, 발견하러 다닐
공간이 있다는 것만으로 자유롭기도 했다. 헤맬 세계가
있다는 것 자체가. 하지만 역시 읽는 게 좋기도 했을
것이다.

✕

시위하는 장소에서는 타인이 평소와 다른 방식으로
느껴진다. 백화점 통로에서 서로를 스쳐갈 때나
카페에서 줄을 설 때 앞뒤 사람을 느끼고 의식하는
것과는 다르다. 튀고 싶어하는 사람이 있든, 질서를
너무 잘 지키려는 나머지 옆 사람을 자꾸 팔로 쳐서

★ 하미나, 「삶의 무의미성, 죽음의
   무의미성」, 사이먼 크리츨리,
   『자살에 대하여』, 변진경 옮김,
   돌베개, 2021, 172~173쪽.

짜증 나게 하는 사람이 있든, 박자를 못 맞춰서 구호를
헷갈리게 만드는 사람이 있든, 화장실에 너무 자주
가서 대열을 흐트리는 사람이 있든…… 지나가는
사람에게 길을 내어주기 위해 엉덩이를 살짝 들어주는
사람을 보며 그에게 인간적인 애틋함을 느끼는 것이다.
그 시간이 끝나면 모두 군중 속으로 돌아가겠지만,
그렇기 때문에 이것은 군중을 이전과 다르게 보게 하는
사건이 된다. 모민은 이렇게 썼다.

　　학교 건물이나 사옥같이 튼튼한 철골 안에서
　　만났기 때문에 신원이 보장된 안전한 타인과,
　　손발이 시뻘겋게 어는 한겨울에 핫팩과 사탕을
　　교환하며 불편한 용기가 세상을 바꾼다고
　　고래고래 악쓰던 길바닥에 나란히 앉았던 출처 모를
　　위험한 동지.

✦

혜화역 시위, 소셜미디어에서 반복되는 크고 작은
싸움을 지나오며 적대도 빈정거림도 없이 무언가를

15ㄹ

있는 그대로 보는 것이 내가 원하는 삶으로 나를
데려가는 태도라고 생각하게 되었다. 자기 문제를
해결하느라 바쁠 때가 아니라면 실제로 만나서 서로의
고민을 꺼내놓는 것이 생각을 발전시키고 쓸데없는
의심과 감정을 없애는 데 도움이 된다는 것도 알게
되었다.

여자들은 서로를 찾기도 했고, 서로에게서
돌아서기도 했다. 페미니즘 의제 안에서 역시 각자
다른 것에 더 가중치를 두며 서로 으르렁거리기도 하고
누군가를 잘라내거나 뿔뿔이 흩어지기도 했다. 그리고
그들은 페미니스트가 아닌 사람들보다 더, 서로를 만날
수 없게 되었다…….

반목으로 인해 공동체가 와해되거나 있었던 일이
없었던 것이 되거나 무의미한 일이 되는 것만은 막아야
한다고 생각한 사람들은 그것을 기록했다. 정치적
행동과 갈등은 해석할 가치가 있는 사건이 되었다.
많은 여자가 연구하고 전시하고 만화를 그리고 글을
썼다.

그 와중에 나는 레즈비언페미니즘에 관심 있는
여자들을 만나게 됐다. 이들은 신중하고 상냥했다.

153

자기가 찾으려는 것을 찾는 데 다른 여자들이 어떤
식으로든 필요하다는 걸 인정한 뒤였기 때문에 서로를
금세 받아들였다. 그들은 자신의 변화를 알아차릴
때처럼 다른 사람을 입체적인 존재로, 과거와 미래가
있는 존재로 볼 수 있었다. 인간에 대한 그들의 사랑과
관용은 솔의 글 안에서 이런 식으로 표현되었다.

나는 보라가 사실 이기고 싶으면서 '나는 이기는
것에도 지는 것에도 관심 없어' 하며 누르는 사람이
아니라 차라리 '나는 이기는 것에도 지는 것에도
관심 없지만 만약 이기게 된다면 그대들과 함께
축배를 올리겠어' 이런 꿈같은 소리를 내뱉고
다니는 그저 가벼운 사람이었으면 좋겠다.

현실이 들쭉날쭉하고 타인과 내 시간이 다르게
흐른다고 해서 그것이 우리를 망하게 하거나
굴절시키거나 오해받게 만들지 않는다는 걸 알게 되면
호들갑 떨 것도 없어진다. 자신의 거짓에든, 타인의
거짓에든, 어쩔 수 없는 순간의 속성에든……. 우정은
이렇게 썼다.

154

우리는 *거짓에 기대어 나아가야 한다.*

✳

언니는 육아를 매개로 만들어진 커뮤니티에서 자잘한
일로 스트레스를 받는다. 그래도 생활비가 모자란
달에는 그 사람들이 갖다준 반찬으로 그럭저럭 며칠을
보낸다.

　아파트 축제에서 3만 원짜리 묵무침, 5000원짜리
카스 한 병을 나누어 먹던 날이었다.

　동생은 무슨 일 해요?

　프리랜서입니다…….

　얘 글 써.

　한 사람은 신기해하며 더 듣고 싶어했고, 다른
한 사람은 다른 데 정신이 팔려 있었다. 거기 끼어서
낮에 있었던 엄마들 이야기를 들으며 축제를 둘러보던
시간의 긴장감 속에서도 그들의 친절함이 고마웠다.

언니는 우리 집에서 잠이 잘 온다고 했다. 그도 그럴 것이 언니한테는 쉬는 시간이 별로 없었다. 아이가 유치원에 가 있을 동안 언니는 집을 치우고 새로 옮길 학원을 알아보고 가끔 아기 엄마들을 만나 장을 봤다. 아이가 유치원에서 돌아오면 잠들 때까지 아이를 상대했다. 언니가 가장 좋아하는 시간은 아이가 유치원에 간 뒤부터 시작된다. 그때 언니는 내가 누웠던 자리에 이불도 없이 누워서 연애 프로그램을 본다.

최근에 언니는 어떤 가수를 좋아하게 됐다고 했다. 한 8년 전에 마트에서 자주 듣던 노래를 부른 이였다. 그 말을 듣고 언니가 어떤 것을 좋아하는 사람인지 처음 알았다. 공연에도 같이 가고 싶었다. 그 가수는 공연하지 않는 것으로 유명하지만.

같이 있는데 스피커폰으로 전화를 받으면 여전히 스트레스를 받지만, 언니를 가족이 아닌 한 명의 사람으로 여기고, 어떤 생각을 하면서 어떻게 살아가는 사람인지 들여다보는 일은 흥미롭다. 그는 나와 일어나는 시간이 다르고 잠드는 시간이 다르고 주말에 놀러가는 곳도 다르다. 하지만 그와 나는 같은 것에 분노하고, 같은 것을 이해할 수 없어한다. 나는 그와 함께 중고 물건을 구경하는 것이 좋고, 김밥을 사 먹는 것이 좋다. 그는 내가 행사장에서 받아 온 '미 투 위드 유' 양말을 신고 다닌다거나 '연대합니다' 따위의 문구가 새겨진 텀블러를 강아지 물통으로 쓴다. 내가 웃으면 그도 웃는다. "이게 뭔데? 무슨 뜻인데"라고 말하면서.

우리가 서로를 잘 몰라도 서로에게 종종 친절을 베푼다는 것을 느낄 때, 웃긴 상황에서 함께 웃을 때, 그 순간들은 나에게 이런 식으로 세상과 연결되면 된다고 알려주는 것 같다.

✦

오후에 놀이터에 가는 어린이와 엄마를 본다.

"비 맞으면서 놀았어." "그럼 좋지 않아?" 흙먼지 냄새, 산성비, 으슬으슬한 몸으로 샤워실에 들어가기, 수증기와 함께 밖으로 나오기.

157

나는 꽃다발을 들고 강가에 서서 서로의 사진을
찍어주는 여자애들을 본다. 흰 상의에 빨간 교복
치마를 입은 모습이다. 오후 다섯 시가 되면 하늘이
빨갛게 변하고, 그럴 때 드는 느낌이란 아무 일도
벌어지지 않았는데 어떤 일의 한가운데에 있다는
감각이라, 주변 사진을 찍는 일이 곧잘 일어난다.
나는 난간에 기대고 서서 물비린내 나는 강가를
쳐다본다거나 생각보다 빠른 유속을 구경한다.

　　강 너머로 계단에 걸터앉아서 깎은 과일을 먹거나
차가운 음료를 마시는 여자아이들을 본다. 그들은
강에 돌을 던지지도, 서로의 사진을 찍지도 않고 앞만
보며 이야기를 한다. 움직임이 크지도 않고 말을 많이
하는 것 같지도 않다. 나는 자꾸만 그 모습을 보면서
소중한 것을 보았다는 느낌에 빠져든다. 어떤 집단에서
둘만 빠져나와 있다는 점에서 그렇고, 이 시간에 하필
이 장소에 앉아 있다는 것이 그렇고, 어떤 이야기를
나누는지 전혀 알 수 없다는 점도 그렇다.

섹슈얼리티 스터디를 하고 있다. 이름이 없는 이
모임은 섹슈얼리티 강의를 하던 교수님이 수강생에게
스터디를 제안하고, 그 수강생이 나를, 내가 또 다른
친구를 데려가면서 시작되었다. 섹슈얼리티, 지역,
페미니즘에 관해 이야기하기로 했지만, 사람들이
가장 수다스러워지는 때는 펨-부치 이야기를 할 때다.
그것은 즐거운 방향이든 괴로운 방향이든 신기할
정도로 흥미롭다.

　　스터디를 하면서 친구의 새로운 면을 알게 된다.
평범하게 살아온 줄 알았는데, 그가 중학생 때 인기를
끌고 싶어서 아이돌 멤버를 따라했다는 사실. 그가
사람들 속에서 진지하게 말하는 모습을 보면 왠지
웃음이 난다. 안쓰럽기도 하고……

　　여름에 치앙마이에 갔다. 머리가 짧은 여자들을
보았다. 그들은 혼자 다니거나 다른 여자와 팔짱을
끼고 다녔다. 옷가게 직원으로 일하거나 밀크티를
팔았다. 나는 밀크티를 샀고 옷가게에 들어갔다.
직원은 매장을 걸어다니는 나를 향해 남자 옷은

여기에 있다고 몇 번이나 말해주었다. '알았으니까 조용히 하실래요……'라고 생각했다. 얼마 후 이 이야기를 스터디 멤버들에게 했고, 나는 알게 되었다. 그것이 그 나라의 프렌들리였음을……. "어차피 남자 옷 살 거잖아요." "네…… 그래서 남자 옷 네 벌 사서 나왔어요."

레즈비언이라는 용어가 제한적이고 임상적인 가부장적 개념과 연관성을 맺어옴으로써, 여성의 우정과 동지애는 성애와 구별되었고 성애를 제한당해왔다. 따라서 우리가 레즈비언 존재라고 규정한 것의 범위를 심화하고 넓힐수록, 레즈비언 연속체를 정확히 설명할수록, 여성들의 관계에서 성애를 발견하기 시작한다.*

서로의 변화를 기가 막히게 알아차리는 사이, 매일 메신저로 시시콜콜 이야기하는 사이, 같은 영화를 보고 어디서 뭘 느꼈는지 이야기하고 싶은 사람, 나를 신경 쓰이게 하는 사람…… 거기서 생긴 에너지를 즐기고 활용할 때 우리는 전능감을 맛본다. 결속감과 유대감

안에서 어떤 믿음 같은 것이 생겨나는 것이다. 그럴
때는 혼란마저도 에로티시즘이 될 수 있다.

　많은 페미니스트가 이야기했듯 다른 여성을 준거
집단으로 삼는, 여성인 자신이 다른 많은 여성과 함께
존재한다는 것을 아는, 둘 또는 셋 이상이 만들어내는
낭만적인 순간과 장면을 소중히 여기고 기억하는,
기록하는, 다른 많은 여성으로부터 자기가 왔다는 걸
아는, 다른 여성의 존재와 능력에 놀라워할 줄 아는,
다른 여성을 "잠재 수원이자 에너지의 원천"으로
여길 줄 아는 모든 여자는 '레즈비언'일 수 있다. 그런
여자들은 다른 여자들과 물질적인 것과 정신적인 것을
나누게 된다.

　'대다수 여성은 선천적으로 이성애자다'라는
전제는 페미니즘의 이론적, 정치적 걸림돌이다.
이 전제가 지금까지 유지되어온 이유는

★　에이드리언 리치, 『우리 죽은
　자들이 깨어날 때』, 이주혜 옮김,
　바다출판사, 2020, 263~264쪽.

161

부분적으로는 레즈비언 존재가 역사에서 배제되었거나 질병으로 분류되었기 때문이기도 하고, 부분적으로 레즈비언 존재가 본질적인 게 아니라 예외적인 것으로 취급되어왔기 때문이기도 하다. 또 일부는 스스로 자유롭고 '선천적인' 이성애자라고 생각하는 이들이 여성의 이성애가 '선호'가 아니라 힘으로 강제, 관리, 조직, 선전, 유지되어온 사실을 인정하기 쉽지 않기 때문이다. 그러나 이성애를 하나의 제도로 검토하지 못하는 것은 자본주의 경제체제나 인종차별주의라는 카스트제도가 물리적인 폭력과 거짓 의식을 포함한 다양한 힘으로 유지 존속된다는 사실을 인정하지 못하는 것과 비슷하다.✗

✗

『우리 죽은 자들이 깨어날 때』와 『초인적 힘의 비밀』은 전혀 다른 책처럼 보이기도 하지만 정신적이고 운동성을 지닌다는 점에서 이어지는 책이다. 백델 친구들이 스키를 타고 나무와 나무

사이를 부드럽게 내려온다는 부분을 읽으면서 나는
그 자유로움과 시원함, 짜릿함을 느꼈다. 어릴 때
배웠던 스키 기술을 다 큰 백델이 쓰면서 그것이 어린
시절로, 제자리로 돌아오는 하나의 방법이라고 말했다.
글을 쓰면서 우연히 건드려지는 지점이 어쩌면 그
감각일지도 모른다고 생각했다. 끊임없이 돌아가기.

친구를 따라 요가에 다녀왔다. 나는 요가와 맞지
않는다는 걸 알지만, 누군가 함께 가자고 하면
이번에는 좋음을 느낄 수 있을 거라고 착각하며
따라가곤 하는 것이다. 90분은 길었다. 하지만
선생님의 기운이 좋았고, 참여하는 사람들의 목소리나
안색, 서로를 대하는 장난스러운 태도가 마음에
남았다. 짓궂고 정답고 순수한 상태의 사람들이었다.

★ 앞의 책, 261쪽.

163

어딘가 야만적이고, 진실해 보이는.

나는 그런 순수한 상태를 인간 상태의 최고로 치는 것 같다. 가장 본성에 가까운 상태, 그건 스포츠를 하는 상황에서 나타나기 쉽다. 그때는 자기 자신을 얼마나 잘 굴리는지가 중요해진다. 자기 몸을 잘 아는 사람만큼 매력적인 사람은 없는 것 같다. 운동하는 순간에는 집중력, 적절하게 끼어드는 순발력, 기지, 자기 몸을 던지는 판단력, 그 모든 걸 구현하게 하는 의지가 운동하는 사람을 눈에 띄게 만들고, 매력적으로 느껴지게 한다.

요가를 마치고 친구는 왜 하필 그 선생님한테 인정받고 싶었는지, 그런 마음이 왜 드는지, 왜 같이 요가하는 그 공동체의 일원이 되고 싶은지 이야기하고 싶어졌다고 했다. 나도 좀 다른 식이긴 하지만 똑같이 느꼈다. 그곳에 살면서 여기 다니는 사람이 되면 좋겠다고 생각했던 것 같다. 그러면 평화롭고 즐겁고 무엇보다 안심될 것 같다고. 그 한복판에 우리가 같이 있어서 좋았다. 엄청나게 충만하고 편안한 상태가 한동안 계속되었다.

여자들만 있는 곳에서 느껴지는 특이한 감각이

있다. 가장 나 자신으로 존재할 때의 느낌, 그리고
구태여 그것에 대해 말할 필요가 없는 자연스러운
분위기. 거기서는 사랑도 놀림도 일어난다. 우리는
그냥 느낀다. 이것이 어떤 편안함이며 우리로 하여금
무엇을 깨닫게 하는지. 서로 무엇까지 나눌 수 있고,
얼마나 온전하게 함께할 수 있는지. 그렇게 같이
시간을 보내는 것만으로 서로에 대한 아량이 생겨남을,
그런 식의 섞여듦이 다른 많은 것을 가능하게 함을
우리는 알아낸다.

동작이 크고 호시탐탐 웃길 틈만을 기다리는 사람,
그 옆엔 그보단 조용하지만 역시 엉뚱하고 주변에서
놀리는 걸 잘 받아주는 사람이 있다(그래서 요가원에
안 오면 다들 걱정하며 기다릴 것 같다). 중앙에는 매트
위에서 열심히 움직여보지만 행동은 좀 느린 사람이
있다. 그들은 매일 그렇게 지내는 것 같다. 안 되는
동작을 하면서, 시끄럽게 웃고 천진하게 놀리면서.

✦

강아지들이 산책하는 공원에 갔다. 처음으로 파쿠르를

하기 위해서였다. 더운 봄이었고, 1.5리터 생수병을
돌려가며 마셨다. 그럴 때 만나는 사람들은 친절하고,
박수를 잘 쳐주며, 내가 심드렁하면 심드렁한 대로
열심히 하면 열심히 하는 대로 그 장소에 있을 수 있게
해준다.

　우리는 평소라면 손을 짚을 일이 거의 없는 난간을
짚으면서 그걸 넘어다니는 두세 가지 방법을 배웠고,
한 줄로 서서 한 명씩 달려나가 그 장애물을 넘었다.
초록색이 드넓게 펼쳐져 있었다. 지나가는 사람들이
무언가를 하고 있는 이쪽을 잠깐 보기도 했고, 우리
쪽에서 강아지 산책을 시키러 나온 사람들 쪽을 보며
쉬기도 했다.

　그러고 나서 타는 시내버스는 똑같은 버스라도
상쾌하게 느껴진다. 조금 전 운동하면서 느꼈던 속도의
감각을 이어서 느낄 수 있게 된다.

　운동 끝나고 벤치에 누워서 쉴 때 하늘에서 뚝
떨어진 이파리나 정체 모를 가루들, 낙엽 부스러기나
개미가 휴대전화 위에 나타나면 갑자기 이 기계들이
새삼 기계같이 느껴지며 야외에 나와 있는 게 실감
난다. 먼지나 가루, 소음 같은 것도 다 자연의 일부일

뿐인 것 같고 그 모든 걸 자연스럽게 받아들일 수 있게
된다.

☆

경기에 완벽히 몰입하고 있어서 행위를 하는 것 말고는
아무것에도 관심이 없어 보이는 선수는 눈길을 끈다.
무정할 정도로 자신에게 집중한 사람을 보면 이상한
호기심이 일어나는 것과 같다. 스포츠 경기라는 특수한
상황 안에서 그 사람은 누구보다 빛난다. 그 밖에서
나는 비슷한 기질을 가진 사람을 본다. 한 가지에
꽂히면 누구도 말릴 수 없고, 가끔 주변 분위기와
상관없이 움직이며 그래서 왠지 모르게 거슬리는
그 사람은, 성별에 따라 매력적으로 여겨지기도
혐오스럽게 여겨지기도 한다.
  비범한 재능을 가졌으며 그것을 제어해야
할 이유를 모를 정도로 '반쪽짜리'인 여자들은
매력적이다. 그러나 그 여자들은 여태까지 반항아,
이단아, 아름다운 너드가 될 수 없었던 것 같다.
사람들이 그렇게 봐주지 않았기 때문이다. 이것은

우리가 보통의 여자들을 좀처럼 입체적이고 매력적인
인간으로 여기지 못하는 이유이기도 하다. 우리는 이런
상황과 장치 안에서 서로를 '충분히' 매력적이라고
여기지 못한다.

나는 최근 한 남작가가 다른 남작가를 생각하며
쓴 글을 읽었다. 그의 괴짜 같은 면과 특이한 구석을
샅샅이 칭찬하지 않고는 못 배기겠다는 듯 괴로울
정도로 황홀해하며 바치는 찬사였다. 그런 글이 읽는
사람들에게도 충분히 '그럴듯하게' 느껴진다는 것이
우리에게 무엇을 말해주는지 생각하지 않을 수 없다.

우리가 사는 곳은 그에 대해 다룬 글이 읽힐
만하다고 여겨지는 세상이라는 것. 그리고 그렇게
공공연하게 찬사를 주고받는 것이 그들에게 익숙한
우정의 한 형태라는 것.

✦

나만큼이나 스포츠 경기에서 이상한 기분을 느끼는
친구가 있다는 것은 흥분감을 준다. 성민이는
퇴근하자마자 경기장으로 달려갔고, 응원법도 알고

있었다. 이 자리는 선수들이 입장하고 퇴장할 때
가까이서 볼 수 있는 자리이고, 이 자리는 공을 맞을 수
있는 자리이며, 이 자리에서는 경기가 전체적으로
잘 보인다……. 나는 그와 어색한 사이였지만,
그에게 한수 배우고 싶었다. 김성민은 길이 제일
막히는 저녁 여섯 시 반에 차를 몰고 경기장에 왔다.
경기가 시작되기 한참 전에 와서 선수들이 몸 푸는
모습을 본다고 했다. 혼자 몰래 충무체육관에 가서
배구 경기를 보고 돌아오는 나와 달리, 그는 경기가
끝난 뒤 선수를 기다렸다가 사인을 받은 적도 있다고
했다.

　　나는 진심으로 그가 존경스러웠다. 내가 선수의
실물을 보면 모든 한국어를 잊는 것과 달리…….
비슷한 점이 있다면 그도 나도 운동하는 여자를
보면서 무언가를 느낀다는 것이었다. 나는 그와 함께
전국으로 여자 축구를 보러 다니는 현정에게 물었다.
수제비두부전골을 끓이면서…….

　　"여자 축구 보는 게 왜 좋아?"

　　"난 이유가 없는데……?"

　　(그렇게 말하면 안 돼…….)

169

"시간을 보내기에 너무 좋은 취미 같아. 남이
움직이는 걸 보면서 내가 뛰는 거 같잖아……. 가성비가
좋아."

나도 내심 그가 해주는 얘기를 들으며 여자 축구의
좋음을 누리고 싶었다. 가성비 있게…….

"그라운드에 있는 선수가 다 여자잖아. 그게
좋거든? 나도 여자고……. 아무도 그렇게 생각하지
않을 수 있지만 뭔가 연대감이 느껴지기도 하고."

"넌 어떤 선수한테 반해?"

"난 진짜 촌스럽게도…… 열심히 하는 사람한테
반해."

나는 또 왜냐고 물었다.

"글쎄 그냥 그게 내가 생각하는 스포츠인가 보지?
내가 이겨야지 우리 팀이 이겨야지 그런 게 아니라,
그냥 선수가 전력을 다하는 순간이 있거든. 몰두하고.
그게 내가 어떤 선수를 좋아하게 되는 순간인 것 같아."

✦

운동선수를 보는 것은 왜 이렇게 좋을까? 배구 경기를

보러 가면 좋다. 보러 간 날과 보지 않은 날이 다르다. 물론 무대 위의 가수를 보고 온 날에도 약간 이상한 느낌에 휩싸일 때가 있지만 그렇다고 가수가 되고 싶다고 생각하진 않는다. 부산국제영화제에 다녀와도 영화감독이 되고 싶지는 않다. 하지만 「도둑들」을 본 직후에는 도둑이 되고 싶었다. 너무 재미있어 보였기 때문이다. 그러나 스포츠 경기를 본 날에는 그것과는 달리 순수하게 몸을 쓰고 싶어진다.

우승을 거둔 한 선수는 이렇게 말했다. "개좋아." 그는 경기가 끝난 뒤 상대 팀과 포용하고 퇴장했다.

집에서 경기를 보면 선수들의 움직임이 자세히 보인다. 방금 무슨 일이 있었는지. 한유미 해설의 한마디가 내 귀에 꽂힌다. "유소연은 어떻게든 다르게 던진다. (…) 손을 갖다 대면 튕겨나가는 각도인데 박정아가 체중을 실어 안으로 깊게 넣어줘 블로킹에 성공했다."[★] 그가 동작을 설명하는 순간 체육의 어쩔

[★] 2023년 1월 27일 GS 대 한국도로공사 경기 4라운드 해설 중에서.

171

수 없는 관능이 우리 앞에 나타난다.

그들은 몰두하고, 공밖에 모르는 것처럼 코트에 있고, 등 뒤에서 신호를 보내며, 상대편 선수와 10년 전부터 웃고 떠든 사이지만 달리는 자동차의 속도로 그가 있는 코트를 향해 공을 던진다. 그들은 저녁을 함께 먹고, 함께 운동한다. 그들은 웃고, 운동하기 싫어하며, 점수를 내고 싶어하고, 점수를 내기 위해 전략적으로 서로를 돕는다. 서로 무엇이 잘되고 무엇이 잘 안 되는지도 안다. 호흡이 맞아들어가는 순간은 경기를 보는 사람들에게도 전율을 일으킨다.

자기한테 익숙한 방식으로 몸을 풀고, 자기 역량을 최대한으로 발휘하는 데 온 생각이 가 있는 선수를 보는 일은, 우리를 강력하고 생생한 방식으로 현실에 되돌려놓는다. 이 선수의 장점은 스피드, 저 선수의 장점은 예상할 수 없음, 이 선수의 장점은 어떤 공이든 다 받아낸다는 것, 저 선수의 장점은 절대 받아낼 수 없는 쓰레기 같은 공을 던진다는 것.

한번 경기를 보고 온 뒤에는 경기가 있는 날을 떠올리면 '이 시간에는 선수들이 뛰고 있겠군' 하고 생각하게 된다. 바깥에 눈이 와도 경기장 안은 특유의

열기로 춥지 않고, 반팔 티셔츠를 입고 있으면 딱 좋은
온도가 된다.

두 선수는 바가지 머리 시절부터 서로를 알았다.
같은 팀이었다가 다른 팀이었다가, 학교에서
만났다가 훈련장에서 만났다가 경기장에서 만난다.
양식집에서도 만나고, 절대로 건드려선 안 되는 네트를
사이에 두고도 만난다. 둘은 서로는 잘 보지 않고 공을
본다. 모두가 공만 본다. 그들은 경기를 계속한다.

✦

여름에 MT를 떠났다. 서로를 잘 모르는, 그러니까
어떻게 생겼고 어떤 글을 쓰는지 정도를 알 뿐인
여자들이 전국에서 모인 것이다. 일사불란하게 밥도
차리고 술도 마시고 숙소 안에 있던 노래방 마이크를
찾아 거실 한가운데서 노래까지 부른 날이었다.
흡연하는 사람, 산책 다녀오는 사람, 사진기를 들고
다니며 사소한 것 하나하나 찍어두는 사람, 가볍게
웃긴 말을 하는 사람, 프라이팬 앞에서 내내 뭔가를
볶는 사람, 땅을 치며 웃는 사람, 더위를 많이 타는

173

사람, 절대로 잠을 자지 않는 사람, 계속해서 질문하는 사람……. 그날의 신기한 분위기는 말로 하기 어려울 것 같았다. 어떤 사람은 나를 안심시켰고 어떤 사람은 의지가 되었다.

이튿날 아침 무슨 일이 있었냐는 듯 펜션은 깨끗해졌고, 내 차에는 먹다 남은 과자와 사탕, 술이 실렸다. 내려오는 길에 산 중턱의 식당에서 매운탕과 비빔밥 같은 것을 시켜 먹고 헤어졌다. 그중 몇 명은 카페에서 다시 만났다. 사주와 MBTI, 요즘 하고 있다는 아르바이트, 요즘 듣는 수업…… 그런 이야기를 하다가 헤어졌다.

✕

글쓰기 수업이 끝나고 정현 씨가 말했다. "외롭잖아요, 인간이…… 저는 술 마실 때랑 글 합평할 때 안 외롭거든요. 내 안을 다 봐주는 것 같아서."

정현 씨의 그 말은 조금 야하고, 글쓰기 모임은 두 시간 만에 정말 사람을 그렇게 만든다. 다른 여자들이 글을 쓰는 방식과 글 자체에 자극받는다. 세계와 매개

없이 직접적으로 연결되어 있는 사람의 글을 읽으면 그렇게 된다. 이 화상 통화의 진 빠짐 속에서도 알 수 없는 열기와 흥분이 느껴진다. 다음에는 더 깊은 곳에 있는 것, 경계에 걸쳐 있는 것, 눈알 뒤쪽에 있던 것을 써보겠다고 생각한다.

이때 성애는 육체의 한 부분이나 육체 자체에만 국한되지 않고, 확산하는 에너지일 뿐만 아니라, 오드리 로드의 말처럼 '육체적이거나 감정적이거나 정신적인 기쁨을 공유할' 때와 일을 공유할 때 도처에 존재하는 에너지이고 (…) ✶

두유가 쓴 글에 대해 이야기하던 중이었다.

"연인을 만들고 싶으면 사교 댄스를 배우러 가라고

✶ 에이드리언 리치, 앞의 책, 264쪽.

하는데, 스윙은 그럴지 몰라도 탱고는 커플이 생기는 경우가 많지 않다고 들었어요. 스윙댄스는 손을 맞잡고 눈을 보면서 춤을 추는데 탱고는 눈을 보지 않거든요."

나는 생각했다. 사랑을 이루지 않는 법: 눈을 마주치지 않는다.

✦

계속해서 유년기를 다시 사는 느낌이 든다. 상담 받으면서도 그렇고, 연인과 싸우면서도 그렇고…… 엄마를 보면서도 그렇고, 닭집 사장님을 보면서도 그렇다.

「순풍산부인과」를 보며 한물간 휴대전화 게임을 하는 것이 요즘의 낙이다. 이 시트콤은 1998년 방영을 시작했고, 당시 나는 일곱 살이었다. 그때 내가 농담을 이해했는지 아닌지 모르겠다. 등장인물이 모두 소리를 지르고, 왁자지껄하며, 서로의 집에 거리낌 없이 드나들던 분위기만이 기억에 남아 있다. 그때는 우리 집에도 사람이 많이 왔다.

나는 요즘도 순풍산부인과 6행시를 떠올리는데,

사람들에게 말하면 반응은 둘로 갈린다. "그게
뭐야?"라고 진지하게 듣는 사람과 "미친……"이라고
하는 사람. 나는 어이없어하며 웃는 여자들과 친해지곤
한다.

순 / 순풍에 모인

풍 / 풍선 같은 산모들의 배를 보라.

산 / 산만 하지 않은가?

부 / 부은 게 아니다.

인 / 인간이 들어 있는 게다.

과 / 과연 그런 게다.

여러 명의 작가가 공동으로 집필했으므로
이 6행시를 누가 썼는지 알 수 없다. 하지만 나는
송재정 작가가 참여한 편이 가장 재미있다. 나는
산부인과의사도 아니고 김 간호사도 아닌데 어째서
거기에 내가 있는 것 같은 느낌을 받는 것일까? 나는
박영규일까? 극중에서 미선은 사람들에게 얻어먹기만
하고 손해 보기 싫어하는 남편 영규의 등을 떠민다.
가서 사람들한테 점심도 사고 저녁도 사라고 한다.

177

영규는 돈이 썩어나냐고 하지만 미선은 이렇게 말한다. 돈보다 당신이 중요하니까 그래. 나는 이쯤에서 다시 한번 6행시를 떠올릴 수밖에 없었다. 과연 그런 게다…….

　나는 우정에 있어서 계속해서 실패했다. 외로움은 씻겨나가지 않았고, 어떤 날에는 친구들 때문에 서러워지기도 했다. 하지만 분명한 것은 우정 안에서 실패했다는 것이다. 내가 어떻게 우정 안으로 들어왔을까? 나는 늘 한발 빼는 사람이었는데……. 친구들과 헤어져 돌아오는 길, 그들이 했던 말이 생각나서 웃었다. 그러는 동안 외롭지 않았다. 하나도 결정적이지 않은 순간들이 우리의 우정을 살찌웠다.

　사랑이가 우리 집에 가져왔다 놓고 간 콜라향 불량식품 '입속에서 와다닥'은 아직도 내 책상 위에 있다. 그가 다녀간 후 모자 달린 인형은 모자가 씌워져 있다. 그 옆에는 성아가 스누피 메모지에 써준 쪽지가 스킨과 선블록 사이에 놓여 있다. 나는 머리를 말리면서 그것들을 가만히 보았다. 우리 집에 저 아이들이 두고 간 것들이 있는 것이 좋다고 생각했다. 사랑이가 누워 있던 자리에 허리받침과 베개가 사람

모양으로 남아 있는 것을 보면 좋은 마음이 된다.

엄마가 미사도 가기 싫어하는 나를 성당 여름 수련회에
보냈을 때, 나는 결국 고속버스에 올라타고 말았다.
선생님 손을 잡고 무리 뒤에서 무리를 쫓아갔다.
식당에서 밥도 먹고 수영장에서 물놀이도 할 거라고
했지만, 그런 모든 계획이 부담스럽게만 느껴졌다.
선생님은 말했다. 저기 친구들 있는 곳으로 가볼까?

179

여자와 맺는 우정에 대해 쓰기는 엄청나게 까다로운 일이었다. 내게 친구가 있기는 하지만, 친구가 무엇인지 무엇이 될 수 있는지 몰랐기 때문이다.

이 책을 쓰면서 나는 바뀌었다. 누구에게 뭘 기대했고 뭘 기대하지 않았지? 그 결과로 어떻게 됐지? 그러다 수많은 여자가 나를 스쳐갔다는 사실, 그들과 보낸 시간이 나를 어떻게든 바꾸어놓았다는 사실을 생각했다. 나에게 인간의 체온을 준 여자, 내가 어떻게 말할 때 웃기고 어떻게 말할 때 짜증 난다고 말해준 여자…… 나에게는 진작에 그런 사람과 시간이 모두 있었다.

내가 바뀌는 데는 상황의 변화도 중요했다. 비정상으로 보이지 않기 위해 나를 숨기는 삶을 살던

나는, 내 이야기를 할 수 있는 사람인 동시에 나를
내가 원하는 방식으로 봐주는 사람을 만났다. 이것이
하나로 합쳐지자 정말로 사는 것 같았다. 정신력을
낭비할 필요가 없어졌다. 아닌 척하는 데 에너지를 쓸
필요도 없었다. 친구들은 나를 받아들였다. "너 원래
그렇잖아." 그 말이 그렇게 편할 수가 없었다. 내가
원하는 건 바로 '내가 원래 그렇다'는 걸 친구들이
아무렇지 않게 생각하는 것이었기 때문이다.

이중적인 삶은 내게 뒷골목 고양이적인 기분과
정서를 만들어주었고 그것이 도움이 될 때도 있었지만,
인기 가요 가사처럼 "널 이 느낌 이대로" 사랑하는,
어떤 의심도 없이 떳떳하고 자연스러운 상태가
무엇인지 이제야 알게 되었다. 나는 그들과의 대화를
통해 내가 미달된 인간이라는 느낌에서 벗어날 수
있었다.

수치심을 느낄 시간이 다가오고 있다는 예감과
공포 속에서 나는 사랑도 하고 우정도 나눴다. 그것은
겁나는 일이었고, 한정적인 단서를 통해 나를 구성하는
일이었지만, 그래도 그 시간을 지나 나는 내가 되었다.
생각지도 못한 일이 벌어지기도 했다. 발각되면

끝장이라고 생각했던 감정을 글로 쓰게 된 것이다.
환상도 숭배도 없이 자기 언어를 가지려고 했던
여자들도 만났다.

　여자와의 관계에 대해 생각하는 것은 당연히
어렵다. 그것이 자신에 관한 질문을 마주하게
하기 때문이다. 다른 여자를 어떻게 대하는지는
자기 자신을 어떻게 대하는지를 말해준다.
궁금해하는지 어색해하는지, 어떻게 대해야 할지
모르겠다고 여기는지, 판단하는지 활용하는지,
변화를 지켜보는지, 기대 따윈 없는지, 믿을
만하다고 생각하는지 믿어보기엔 너무나 약하다고
생각하는지…… 직면은 어려운 일이다.
　올리비아 랭은 『외로운 도시』 마지막 장에서
고독에 관한 아이디어를 내놓는다. "그것은 두 가지에
관한 문제라고 생각한다. 하나는 자신을 친구로 여기는
법을 배우는 것." 그리고 다른 하나는 "개인으로서의
우리를 괴롭히는 것처럼 보이는 많은 것들이 실제로는
스티그마와 배제라는 더 큰 힘이 낳은 결과임을,
그래서 저항할 수 있고 저항해야 하는 대상임을

이해하는 것이다". ✦

나는 많은 순간 의문과 불안을 느끼지만, 그래서
읽고 쓰게 되었지만, 이 일을 통해 다른 여자들을
만나게 된 것이 기쁘다. 자신의 생명력을 죽이지 않는
여자들, 의문과 불안을 읽고 쓰고 운동하는 것으로
바꾸는 여자들을 만난 것이 기쁘다. 여자인 내가 다른
여자들을 전면적으로 만날 수 있다는 것이 엄청난
행운으로 느껴진다. 처음부터 그러지는 못했지만……

아마 나는 이후에도 잔잔한 공허감과 함께
살아갈 것이다. 부끄러움을 무릅쓰고 누군가에게
말했던 것처럼, "안정적이고 평온하고 수용적인
사람을 원하면서 동시에 나쁜 사람에게 끌리"는
모순적인 마음도 여전할지 모른다. 내게는 현실에
몸을 반만 걸쳐놓고 공상하는 것이 현실보다 더
자극적이라는 이상한 믿음이 있다. 그러나 통하는 게
없고 엇박자라고 느꼈던 사람들과 보낸 시간이 실은
그런대로 괜찮았으며, 그 속에서 우정을 느끼기도
했다는 것. 내 공허감과 관련 없다고 생각했던 사람과
예상하지 못한 순간 엇박자로 통할 때, 나는 공상을

깨고 그들을 만나러 가고 싶다는 생각을 한다. 그들
사이에 내가 있다는 것을 믿게 되었기 때문이다.

★ 올리비아 랭, 『외로운 도시』,
　김병화 옮김, 어크로스, 2020,
　370쪽.

드라마

그럼에도 친구가 되는 여자들

초판인쇄   2024년 9월 4일
초판발행   2024년 9월 11일

지은이   서한나
펴낸이   강성민
편집장   이은혜
책임편집   박은아
마케팅   정민호 박치우 한민아 이민경 박진희 정유선 황승현
브랜딩   함유지 함근아 박민재 김희숙 박다솔 조다현 정승민 배진성
제작   강신은 김동욱 이순호

펴낸곳   (주)글항아리
출판등록   2009년 1월 19일 제406-2009-000002호

주소   10881 경기도 파주시 심학산로 10 3층
전자우편   bookpot@hanmail.net
전화번호   031) 955-8869 (마케팅)   031) 941-5159 (편집부)
팩스   031) 941-5163

ISBN   979-11-6909-300-2 03800

www.geulhangari.com